KB162381

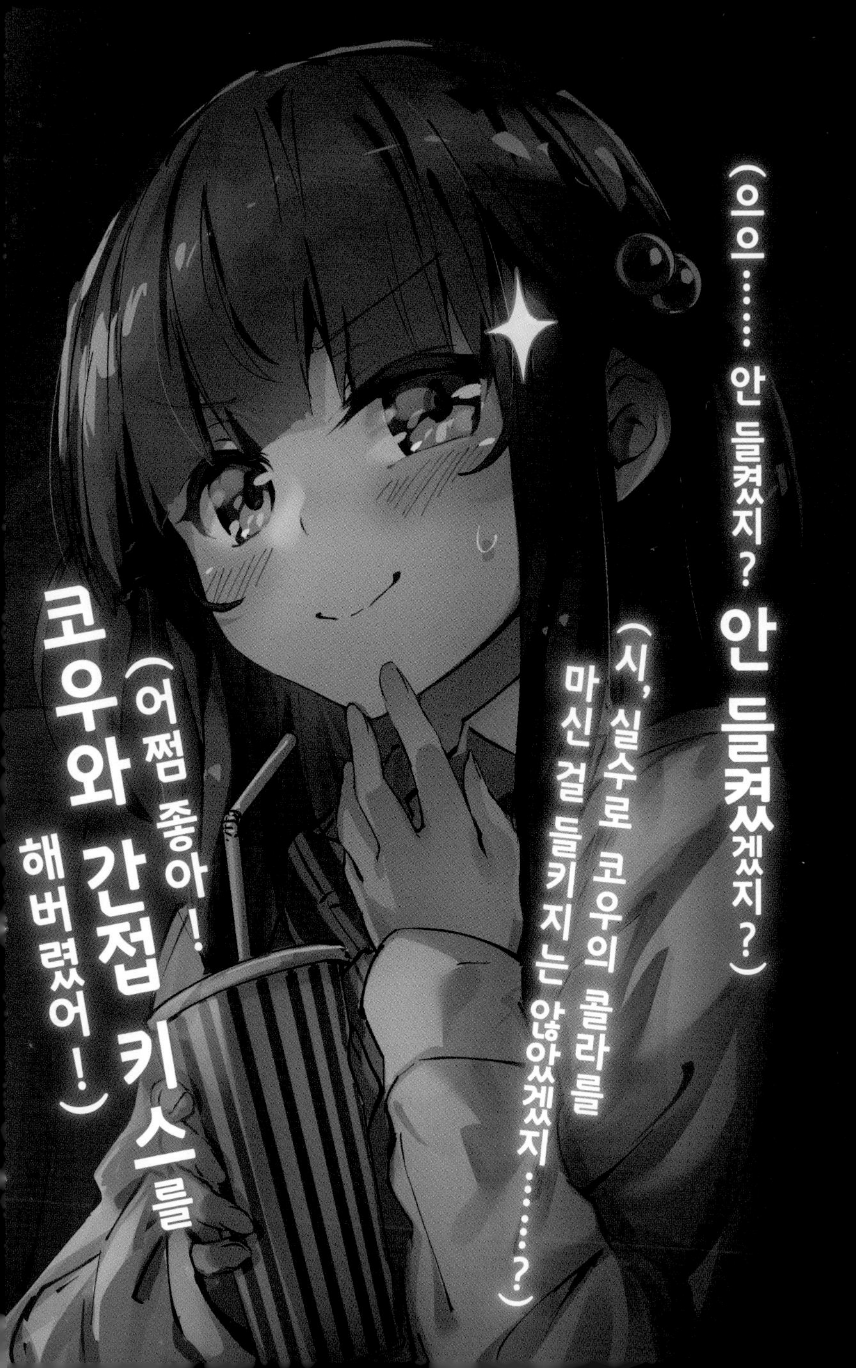
(으으…… 안 들켰겠지? 안 들켰겠지?)
(시, 실수로 코우의 콜라를
마신 걸 들키지는 않았겠지……?)
(어쩜 좋아!
코우와 간접 키스를
해버렸어!)

「……함께, 하자.」

그리고 글썽이는 눈으로 나를 보았다.

「코우타……」

미즈키가 나를 덥석 붙잡았다.

「어쩔 수 없네. 그럼 앞으로 한동안
코우타와 함께 돌아가 줄게. 고맙게 생각해.」

그렇게 허세를 부리고 있었지만
입가가 씰룩이며 올라갔고
눈가도 어색하게 가늘어져서
척 보아도 기뻐 보였다.

언제나 쌀쌀맞게 구는
소꿉친구지만
나를 짝사랑하는 속마음이
다 들려서 귀여워

Vol. 2

로쿠마스 로쿠로타

표지 · 본문 일러스트
bun150

목차

프롤로그

아스팔트의 미적지근한 감촉이 등을 타고 슬금슬금 전해져 왔다.

시야 구석에 비친 아파트가 그 너머에 있는 먹색 구름이 낀 하늘로 뻗어있는 것을 보고 나는 그제야 자신이 나자빠져 있다는 것을 자각했다.

아……. 자빠진 건가……? 이러면 안 되는데……. 빨리 일어나지 않으면 그 녀석이…….

배에 힘을 주며 상체를 일으키려고 했지만 몸이 말을 듣지 않았다.

응……? 이상한데……. 힘이 안 들어가……. 왜 이러지……?

하늘 위 구름에서 떨어져 내린 빗방울이 내 바로 옆의 아스팔트에 닿아 소리를 내며 튀었다.

그 소리가 메마른 아스팔트에 떨어진 것치고는 습기를 띤 듯한 느낌이 들어서 나는 그쪽을 빤히 바라보았다.

그러자 그곳에는 붉은색의 낯선 액체가 물웅덩이처럼 천천히 퍼져나가고 있었다.

그리고 그 붉은 액체는 아무래도 내 몸에서 줄줄 흘러내리고 있는 듯했다.

아니……. 말도 안 돼……. 이거 설마…… 전부 내 피인가?

아까부터 등을 타고 전해지는 미적지근한 감촉이 아스팔트의 열기가 아니라 자신의 피였다는 것을 깨닫자마자 심장이 요란하게 비명을 질렀다.

직후에 격통이 복부를 덮쳤다.

목에서 의도치 않은 한심한 신음이 흘러나왔다.

다급한 발소리가 들려오더니 시야 양쪽에서 아야노와 미즈키가 나타났다. 두 사람 모두 허둥대며 걱정스러운 표정으로 나를 내려다보았다.

"코우타! 정신 차려! 코우타!"

"코우……? 아니지……? 이런……. 이런 일이…….."

시야가 일그러졌다.

이제 곧 여름인데 오한이 들었다.

젠장……

왜……

왜 이렇게 된 거지……

흐려져 가는 의식 속에서 기억은 며칠 전으로 거슬러 올라갔다──.

제1장 『호러틱 그 애와 영화관』

"어머나. 좋은 아침이야, 코우타. 오늘도 우연히 만나네."

이른 아침. 집을 나와 조금 걸어서 옆집 앞을 지나니 그런 목소리와 함께 아야노가 현관문에서 모습을 드러내며 새치름하게 내 옆을 나란히 걸었다.

허리까지 내려온 검은 머리칼에 새침하게 우수를 띤 날카로운 눈매.

어딘가 앳된 티가 남아 있는 도톰한 핑크빛 입술.

성숙함이 온몸에 감돌아서 말을 거는 것도 주저된다. 흔히 말하는 '고고한 꽃'이란 표현에 딱 들어맞는 느낌이었다.

"……어어. 안녕, 아야노. 오늘도 우연히 만났네."

'우연한 만남'이란 예기치 못한 우발적인 만남을 의미한다.

요컨대——.

《헤헤헤~. 오늘도 일찍 일어나서 코우를 기다리고 말았네! 하아~ 너무 행복해서 주체를 못 할 것 같아!》

——이런 건 절대로 우연한 만남이 아니다!

어느 날 나는 트럭에 치일 뻔한 하얀 고양이를 구해준 사례로 '이성의 속마음이 들리게 되는' 효과가 있다는 사탕을 신에게 받아서 독심 능력을 얻게 되었다.

그러나 그 능력에는 생각도 못 한 부작용이 있었다.

주의사항 첫 번째, 『사용자는 사랑 고백을 받으면 죽는다』.

주의사항 두 번째, 『이 능력은 현재 다니고 있는 학교를 졸업할 때까지 사라지지 않는다. 중퇴 및 전학 시 죽는다』.

주의사항 세 번째, 『이 능력이 관계없는 인간에게 알려지면 죽는다』.

주의사항 네 번째, 『사용자에 대한 이성의 호감도가 급격히 저하되어 부정적인 감정이 비대화 되면 그에 비례해서 속마음의 음량이 커지며 사용자에게 두통이 발생한다. 악화되면 죽는다』.

주의사항 다섯 번째, 『사랑 고백을 받기 약 10초 전부터 카운트 다운이 시작된다』.

몇 번을 되새겨 보아도 어처구니없는 주의사항뿐이지만 유감스럽게도 이게 현실이었다.

거기에 내 눈앞에는 나를 너무나도 좋아한 나머지 머릿속의 나사가 빠져버린 소꿉친구 유메미가사키 아야노가 있었다.

평소처럼 흥분한 아야노의 속마음을 듣고 반쯤 질린 눈으로 보고 있으니 아야노가 의아한 표정을 지었다.

"코우타? 왜 그렇게 빤히 바라봐?"

"아니, 그게——."

"《꺄아아아아아아! 코우의 눈이 정말 예뻐! 므흐흐! 옛날부터 이 동글동글하고 올곧은 눈을 좋아했단 말이지~! 다시 태어나면 코우의 안구가 되고 싶어!》"

일전에 아야노에게 고백받을 뻔한 건 간발의 차로 회피하기는 했지만 하나에 아줌마와의 문제를 해결하는 과정에서 지나치게 올라가 버린 호감도는 식을 줄을 몰랐고 지금은 내가 무슨 짓을 해도 나를 향한 아야노의 호감도는 하염없이 상승할 뿐이었다.

"——그, 그냥 본 거야."

"그래? 잘 보고 걸어. 넋 놓고 있다가 넘어질지도 모르니까. 《코우 너무 좋아! 꼭 끌어안고 싶어!》"

"어, 어어, 조심할게……."

역시 이 상황은 좋지 않지……?

아니, 뭐…… 솔직히 좀 기쁘기는 하지만…….

◇ ◇ ◇

전철에 올라타 의자에 앉아 한숨 돌리다가 마찬가지로 옆에 다소곳이 앉아 있던 아야노가 이쪽을 힐끔힐끔 훔쳐보고 있는 것을 깨달았다.

"왜. 아야노도 아까 그렇게 말해놓고 날 보고 있잖아."

"뭐, 뭐?! 보보보, 본 적 없는데?! 《아아아앗?! 몰래 살펴보던 걸 들켰어!》"

"아니, 방금 완전히 보고 있었잖아."

"안 봤다니까! 결단코 본 적 없어! 이, 이상한 소리 좀 하지 마!"

동요한 아야노는 좀 귀엽단 말이지…….

지적당한 아야노는 작게 한숨을 내쉰 뒤 고쳐 앉으며 정면을 보았다.

그렇지만 아까처럼 이쪽을 힐끗힐끗 훔쳐보다가 눈이 마주치면 바로 시치미를 떼며 반대 방향으로 고개를 돌렸다.

뭔가 있는 게 분명한데…….

아야노는 여전히 고개를 돌린 채였지만 내 귀에는 그런 아야노의 속마음이 똑똑히 들려왔다.

"《으으…… 여, 역시 함께 영화 보러 가자는 건 무리야…….》"

영화? 아야노가 영화를 좋아했던가?

"《사이코 씨가 신작을 쓰라고 성화지만 나는 코우와의 망상으로밖에 쓰지 못하니까……. 그 아이디어 노트에 적어둔 망상만으로는 좀 부족하고……. 역시 여기서는 실제로 코우와……데…… 데데데…… 데이트를 해서! 한 단계 위의 망상으로 승화시켜야 해! ……라는 생각에 함께 영화 보러 가자고 하고 싶은데 역시 용기가 나지 않아……. 한심해…….》"

을……. 그 아이디어 노트를 봤을 때의 충격이 떠올라서 두통이…….

그래도 이번에는 용기를 내지 못하는 아야노 덕분에 살았다. 이 이상 아야노의 호감도를 올릴 수는 없으니까.

좋은 분위기의 연애 영화를 본 뒤에 근처 카페에서 서로 감상을 말하며 주문한 케이크를 먹다가 아야노가 수줍은 기색으로 '그거 한 입 정도는 먹어 줄 수 있어.' 하고 말해서 나도 머뭇거리면서도 한입 크기로 자른 케이크를 먹여주고 아야노가 쑥스럽게 '……맛있네.' 하며 주접을 떠는 전개가 눈에 선하니까 말이지.

응……. 그러니까……. 설령 영화 보러 가자고 해도 나는 그 뒤의 카페에서 케이크는 주문하지 않을 테다!

……헉?! 그게 아니지! 그러니까 영화 자체를 보러 가서는 안 된다니까!

기회다 싶어서 아야노와 영화관 데이트를 즐기려고 한 위기감 없는 생각을 불식하듯이 나는 고개를 붕붕 흔들었다.

그때 갑자기 머리 위에서 누군가가 말을 걸어왔다.

"안녕! 오늘도 함께 왔어? 사이 좋네! 역시 소꿉친구야!"

올려다보니 천사처럼 환하게 웃는 미즈키의 모습이 있었다.

색소가 옅은 머리카락을 짧게 가지런히 잘랐고 커다란 눈은 발랄하고 동글동글했다.

어딜 보아도 천사로밖에 보이지 않는 미즈키였지만 틀림없는 인간이었고 남자 교복을 입고는 있어도 엄연한 여자였다.

자세한 사정은 모르지만 미즈키는 남장을 강요받고 있었고 정체를 들키면 어딘가의 아가씨 학교로 전학을 가게 되는 모양이었다.

미즈키와는 1학년 때부터 교우가 있는 유일한 친구였다.

그런 미즈키가 여자라는 걸 알았을 때는 놀랐지만 원래도 성격이 잘 맞았다 보니 지금도 그럭저럭 문제없이 지내고 있었다.

"안녕. 넌 언제나 즐거워 보인단 말이지."

"코우타처럼 인상 쓰는 것보다는 낫다고 생각하는데……."

그건 그렇다 싶어서 반박을 못 하자 미즈키가 투정부리듯이 말했다.

"그보다 말이야, 코우타. 방과 후에 어디 놀러 가자~. 최근에 놀자고 해도 맨날 내뺐잖아."

그러고 보니 아야노 일로 정신이 없어서 미즈키와는 그다지 놀지 못했는걸…….

"그러게. 또 노래방이라도 갈까."

"노래방도 좋지만 가끔은 다른 데서 놀고 싶은데~."

"그래? 예를 들면?"

"음……."

미즈키가 눈썹을 찡그리며 고심하고 있으니 그때까지 옆에서 조용히 앉아 있던 아야노가 기회라는 것처럼 말을 얹었다.

"그럼 영화는 어때?"

이, 이 녀석 이렇게 밀어붙이다니?!

직접 말하는 게 부끄럽다고 미즈키에게 제안하는 모양새로 밀어붙였어!

아야노의 제안에 미즈키의 눈이 확 커졌다.

"영화 좋네! 그럼 오늘 방과 후에라도 셋이서 가자! 지금은 무슨 영화가 걸려있으려나."

아야노의 얼굴을 보니 약은 표정으로 입꼬리를 올리고 있었다.

"《후후후! 방금 그건 완벽하게 자연스러운 흐름이었어! 내가 생각해도 퍼펙트해! ……사실은 코우와 단둘이 가고 싶었지만 아쉬운 대로 어쩔 수 없지.》"

내 대답은 듣지도 않고 이미 미즈키와 아야노는 방과 후에 보러 갈 영화 이야기로 떠들기 시작했다.

끄으응……. 거절할 수 있는 분위기도 아니니 갈 수밖에 없나…….

하지만 아야노여. 나를 물로 보지 말아라. 이쪽은 벌써 몇 번이나 사선을 넘어왔다고. 이대로 네 마음대로 될 거라고 생각하지 마.

미즈키가 자신의 핸드폰을 내려다보며 말했다.

"나는 애니메이션이 보고 싶은데. 가브리의 최신작이 마침 상영 중인가 봐."

이어서 아야노가 불만스럽다는 듯이 반론했다.

"나는 연애물이 보고 싶어. 요새 인기인 소설 원작 작품.《연애물 영화를 보고 사이온지 군은 바로 돌려보낸 뒤에 코우와 단둘이 카페 데이트! 므흐흐……. 거기서 케이크를 서로 먹여준다거나!》"

나랑 똑같은 망상을 하지 마!

아야노의 계획은 생각지도 못한 채 미즈키는 흐음, 하고 고개를 끄덕였다.

"연애물이라……. 뭐, 나는 그래도 상관——."

그렇게 합의가 되려던 때 나는 몸을 내밀며 두 사람에게 제안했다.

"나는 호러 영화가 좋아!"

나의 그런 말을 듣고 아야노의 뺨이 눈에 띄게 씰룩였다.

그 반응에 나는 속으로 의기양양하게 웃었다.

아야노가 태연한 척 말했다.

"호, 호러 영화? 그런 건 다른 기회에 보면 되잖아. 역시 요새 화제인 영화를 보는 편이 무난하지 않아?"

"지금 상영 중인 '시체 만세'라는 영화는 호러 마니아들 사이에서 상당히 화제가 된 작품이야. 호러 마니아인 나로서는 그냥 넘길 수 없는 영화라고."

"제, 제목만 들어도 시시해 보이는데……."

아야노가 말을 더듬었다.

"《호러 영화는 절대로 안 돼! 좋은 분위기가 되어 카페에서 서로 먹여주기는커녕 분위기가 다운돼서 피곤하니까 오늘은 그만 돌아가자는 느낌으로 즉시 해산할 게 뻔한걸!》"

크크크. 바로 그거다. 아무리 아야노가 만년 머릿속 꽃밭인 연애 뇌라고 해도 B급 호러 영화의 임팩트가 있다면 카페에서 러브러브하고 싶다는 생각은 못 할 터.

카페 러브러브여, 잘 가라!

……아니, 전혀 아쉽지 않거든.

내가 지금까지 너무 물렀었다. 이런 식의 카운터로 아야노가 나에게 품은 호감도를 조금이나마 컨트롤하지 않으면 안 된다.

나와 아야노의 마음속 갈등은 꿈에도 모른 채 미즈키는 고개를 갸웃거렸다.

"그럼 호러로 할래?"

색소가 옅은 단발이 부드럽게 흔들리자 차창에서 비쳐든 햇빛이 마치 후광처럼 빛나 보였다.

여전히 귀엽구만…….

아야노는 태연한 척하며 담담히 말을 이었다.

"잠깐만. 역시 그렇게 쉽게 포기할 수는 없어."

"그럼 역시 연애물로 할래? 나는 어느 쪽이든 괜찮은데."

"그게 좋지 않겠어? 세 사람이나 있으니까 일반적으로 생각해서 보다 대중적인 영화를 선택해야지."

아야노가 호러 영화를 반대하는 건 처음부터 상정한 일이다.

그리고 이쪽은 아직 비장의 수가 있었다.

잠시 시간을 둔 뒤 나는 아야노의 제안에 마지못해서라는 태도를 가장하며 한숨 섞인 목소리로 새로운 제안을 했다.

"하아……. 알았어. 그렇게까지 말한다면 가위바위보로 정하는 게 어때?"

"가위바위보? ……알았어. 그게 가장 합리적인 해결 방법이니까. 《가위바위보라면 확률은 반반……. 그렇지만 코우는 옛날부터 중요한 상황에선 가위를 내는 버릇이 있어! 요컨대 실질적으로 가위바위보는 압도적으로 내가 유리해!》"

"좋아. 그럼 한다? 안 내면 진다, 가위바위보——."

손을 내미는 순간 아야노가 한순간 승리를 확신하며 의기양양하게 웃는 것을 알 수 있었다.

"《이걸로 연애 영화로 결정—— 어?!》"

그러나 다음 순간 아야노는 나와 자신의 손을 번갈아 보고 눈을 크게 떴다.

아야노가 내민 건 바위. 나는 보였다.

"이, 이럴 수가?! 내가 졌어?!"

아쉽게 되었군, 아야노여. 나는 예전의 내가 아니야.

지금의 나는 '이성의 속마음이 들리는' 능력을 지녔다고.

요컨대 이성인 아야노와 가위바위보 승부를 겨루는 데 있어서 내 사전에 패배란 없다!

나는 가위바위보에서 승리한 보를 들어 올리며 말했다.

"좋았어. 그럼 내가 이겼으니까 오늘 보는 영화는 호러로 결정된 거지?"

"……하아. 알았어. 마음대로 해."

이렇게 간신히 연애물 영화를 회피하고 방과 후에는 셋이서 호러 영화를 감상하게 되었다.

그나저나…… '시체 만세'라는 제목은 진짜로 재미없어 보여…….

◇ ◇ ◇

방과 후. 우리는 예정대로 영화관에 왔다.

북적이는 인파 속에는 우리와 같은 교복 차림의 학생들도 많았지만 우리의 목적인 '시체 만세'가 상영되고 있는 상영관에 들어오자 놀라울 정도로 한산해졌다.

아야노가 어이없다는 듯이 말했다.

"뭐가 호러 마니아들 사이에서 화제라는 거야. 사람이 전혀 없잖아."

"아, 아하하……. 이런 날도 있는 법이야, 이런 날도."

그때는 말하다 보니 화제가 되었다고 해버렸지만 실은 전혀 모른단 말이지…….

그렇지만 이렇게 사람이 적은 걸 보니 내용도 뻔할 테고 영화를 보고 나서 아야노가 기대하는 분위기가 되지 않으리란 건 틀림없어 보이는걸.

　뒤에서 조금 늦게 들어온 미즈키가 양손에 커다란 팝콘 용기를 끌어안고 즐거워 보이는 목소리로 말했다.

　"2L 사이즈 팝콘 사 왔어! 같이 먹자!"

　"오, 캐러멜 맛이야?"

　"아니. 낫토 녹즙 맛이래! 이거 뭔가 매점 직원이 엄청 필사적으로 권하더라고! 분명 인기 메뉴일 거야!"

　재고 처리당한 거 아닌가……?

　낫토 녹즙 맛이란 건 들어본 적도 없다고…….

　바로 아야노가 단호하게 말했다.

　"나는 사양할게. 아이스티 사 왔거든."

　"나, 나도……. 콜라 사서 안 먹어도 될 것 같은데."

　"뭐어? 왜! 같이 먹자니까!"

　보기만 해도 식욕이 사라지는 칙칙한 녹색 팝콘을 끌어안은 미즈키를 내버려 두고 나와 아야노는 총총히 좌석으로 향했다.

　나를 가운데 두고 오른쪽에 아야노, 왼쪽에 미즈키가 앉았다.

　2L 사이즈 팝콘을 끌어안은 미즈키가 장난감 상자를 앞에 둔 어린애처럼 다리를 앞뒤로 흔들었다.

"오랜만에 보는 영화라 기대돼!"

뭐, 확실히 어떠한 B급 영화라도 영화관에서 보면 박력이 있어서 그런대로 재미있단 말이지.

거기에 아무리 아야노라도 호러 영화를 보면서 호감도가 오르지는 않을 테니 나도 지금은 마음 편히 즐기기로 할까.

문득 미즈키의 반대쪽에 앉은 아야노를 보니 호러 영화를 보는 게 어지간히 마음에 들지 않는 건지 어딘가 불만스러워 보이는 얼굴로 뺨을 부풀리고 있었다.

"《모처럼 코우와 데이트 분위기를 즐기려고 했는데 어째서 호러 영화 같은 걸……. 아, 그래도 놀래는 장면에서 무서운 척하며 일부러 코우의 팔을 잡는 건…… 무리인가. 내가 이런 장르에 그다지 놀라지 않는다는 건 코우도 아니까. ……애, 애초에 부끄러워서 팔을 잡지도 못하고…….》"

좋아좋아. 대체로 예상대로의 반응인걸.

……만일 팔을 잡으면 잠든 척해서 넘기자. 응. 너무 무리하게 거절하는 것도 역효과니까.

"아! 역시 이 팝콘 되게 맛있어!"

"뭐야, 미즈키. 정말로 그거 먹었어?"

"당연히 먹지!"

"무리하지 말고 남기지 그러냐."

"무리한 적 없는걸! 자! 코우타도 먹어 봐!"

미즈키가 그렇게 말하더니 팝콘을 한 줌 집어서 내 입안에 억지로 들이밀었다.

입안에 어딘가 낫토의 찐득함을 방불케 하는 식감이 퍼지더니 이어서 녹즙의 쓴맛이 목에 들러붙으며 불쾌감을 증폭시켰다.

"……맛없잖아."

"뭐?! 맛있잖아!"

"아니, 평범하게 맛없거든……."

"어라……. 이상하네……."

시무룩해지는 미즈키를 보고 뭔가 나쁜 짓을 한 것 같은 기분이 되어 있으니 방금 모습을 보고 있던 아야노의 속마음이 단숨에 흘러들어왔다.

"《치, 치사해! 나보다 먼저 코우에게 먹여주다니! 아무리 사이온지 군이 남자라고 해도 용서 못 해! 나도 코우에게 먹여주고 싶었는데!》"

질투하고 계시는군…….

"《마, 맞다! 코우에게 먹여주는 건 무리더라도 이 방법이라면…….》"

아야노는 헛기침을 한 번 하고 미즈키 쪽을 보았다.

"저기, 사이온지 군. 그거 나도 하나만 줄래?"

미즈키의 눈이 동그래졌다.

"어?! 유메미가사키 양도 먹고 싶어?! 먹어 봐, 먹어 봐. 되게 맛있어!"

그렇게 말하며 미즈키가 팝콘 용기를 내밀었지만 아야노는 그쪽으로 손을 뻗지 않고 내 쪽을 보며 이렇게 말했다.

"코우타. 미안한데 팝콘 하나만 집어 줄래? 여기서는 좀 멀어서. 《후후후. 그리고 그대로 엉겁결에 나에게 먹여주면 되는 거야! 이쪽은 이미 받아먹을 준비가 끝났어!》"

하는 짓이 좀스럽다…….

나는 시키는 대로 팝콘을 하나 집어서 살짝 뺨을 붉힌 채 먹여주기를 기대하는 아야노의 손을 잡고 그 위에 올려놨다.

"자, 여기."

아야노는 손바닥 위에 놓인 팝콘을 보고 "……으음." 하고 작게 신음하다가 팝콘을 난폭하게 입안에 털어 넣었다.

미즈키가 기대에 찬 시선으로 아야노를 보았다.

"어때어때? 맛있지 않아?!"

"단도직입적으로 말해서 토할 것 같은 맛이야."

"그 정도야?!"

잘 풀리지 않는다고 미즈키에게 화풀이하지 말라고…….

아니, 물론 더럽게 맛없긴 하지만…….

극장 안이 어두워지고 스크린에 비친 건 두말할 것 없는 B급 영화였다.

흔해 빠진 좀비물로 싼 티 나는 세트에 발연기 더빙. 거기에 핑크빛 혈액이 질릴 정도로 서비스되었다.

예상을 아득히 뛰어넘을 정도로 재미없었다.

이런 영화는 반대로 나중에 서로의 감상을 듣는 게 재미있단 말이지…….

뭐, 절대로 좋은 분위기가 되지는 않을 테니 아무래도 상관없나.

그로테스크한 장면도 많아서 미즈키가 싫어하지는 않을까 싶어 슬쩍 쳐다보니 미즈키는 팝콘을 입에 끊임없이 집어넣고 있었다.

"《와아! 무슨 내용인지는 잘 모르겠지만 요란한 게 재밌어! 최근에는 이런 영화가 유행이구나!》"

의외로 재밌게 보고 있군…….

그럼 아야노는……?

아야노 쪽을 보니 진지한 시선으로 스크린을 보고 있었다.

"《이 영화, 주인공의 목적의식이 불분명해. 좀비에게서 도망치고 싶은 거야? 아니면 히로인과 러브신을 찍고 싶은 거야? 어느 쪽인데? 스토리의 방향성을 확실하게 정해두지 않으면 관객이 따라가지 못하잖아. 그래도 좀비와 대결하는 장면은 시원시원하니까 히로인은 빨리 퇴장시키고 그쪽에 집중하는 편이 나을 텐데.》"

아야노 씨, 그러고 보니 소설가였지……. 잊고 있었습니다.

역시 창작자로서는 그런 세세한 점이 신경 쓰이는 건가?

그렇지만 이 영화는 그렇게 진지하게 볼 필요가 없다고 생각하는데.

"《아! 히로인이 죽었어! 후후후. 아무래도 여기서부터 본격적으로 가려나 본데. 재미있어지기 시작했어.》"

뭐?! 히로인 죽었어?! 진짜로?!

아야노의 속마음에 집중하느라 못 봤다…….

아, 그래도 아직 좀비에게 먹히는 중이잖아. 다행이다.

그다음에도 이야기가 진행되어 주인공 진영의 대다수가 좀비가 되었을 무렵에 사건이 일어났다.

"《……어, 어쩌지…….》"

아야노의 그런 속마음이 작게 들려와서 무슨 일인가 싶어 슬쩍 보니 아야노가 어둠 속에서도 분명하게 알 수 있을 정도로 뺨을 붉힌 채 음료 용기를 손에 들고 있었다.

뭐지……? 화장실이 급한가……?

"《으으…… 안 들켰지? 안 들켰겠지?》"

안 들켜? 뭘?

"《시, 실수로 코우의 콜라를 마신 걸 들키지 않았겠지……?》"

손에 들고 있는 게 내 콜라였냐고!

"《어쩜 좋아! 코우와 간접 키스를 해버렸어!》"

알았으니까 후딱 돌려놔! 모른 척할 테니까!

"《……코우가 이쪽을 보고 있지는 않지?》"

안 보고 있어도 속마음이 들린다고…….

"《그렇다면 조금만 더…….》"

뭐요……?

"《와! 톡 쐈어! 톡 쐈어~!》"

뭘 마시는 거야!

"《으아아아아. 이게 코우의 맛이구나.》"

콜라의 맛이거든?!

"《……코우는 의외로 자극적인 맛인가 봐.》"

콜라의 맛이라니까?!

아야노 이 자식……. 내가 눈치채지 못했다는 생각에 하고 싶은 대로 하시는구만…….

"《탄산음료는 평소에 잘 안 마시는데 맛이 꽤 괜찮은걸. 아니면 코우가 마시던 콜라라서 이렇게 맛있는 걸까?》"

콜라 회사가 노력한 거라고!

"《……응. 역시 맛있어.》"

마시지 마!

"《아, 맞다. 내 아이스티에서 빨대만 교환해서 나중에 몰래 코우의 빨대를 회수할까?》"

그만둬!

"《……으음, 그건 너무 지나친가. 들키면 코우에게 미움받을 것 같고.》"

그래그래, 착하지.

그리고 그대로 내 콜라를 거치대에 돌려놓는 거야.

"《그래도 한 입만 더…….》"

얌마!

"《……앗!》"

……무슨 일인데.

"《전부 마셔버렸어…….》"

바보냐?!

"《어쩌지……. 이래선 코우에게 들킬 텐데…….》"

이제 됐으니까! 모른 척할 테니까 원래 자리에 돌려놓으라고!

"《맞다! 대신 내 아이스티를 놔두면 눈치 못 챌지도 몰라!》"

그러면 더 눈치채지! 날 뭐라고 생각하는 거냐!

그리고 놀랍게도 아야노는 정말로 내 음료 거치대에 자신의 아이스티를 놔뒀다.

"《코우는 둔감하니까 절대로 눈치 못 챌 거야. 분명 아이스티를 마셔도 탄산이 빠졌나 정도로밖에 생각 안 할 테고.》"

아니, 이미 전부 알고 있거든…….

"《하, 하지만 들키지 않는 건 당연하다 해도 음료를 교환해서 서로 간접 키스를 하는 건 뭔가 사귀는 사이 같아서 좀 부끄러울지도.》"

그런 소리를 들으면 이쪽도 의식되어서 못 마시게 되잖아…….

이제 곧 영화도 끝나니까 그대로 밖에 나가서 버려버리자.

……좀 아까운 기분도 들지만.

"《……코우가 이제 마시려나?》"

그러니까 안 마신다고.

"《코우가 나와 간접 키스하는 장면은 놓칠 수 없지!》"

영화를 봐라, 영화를.

"《아직인가~? 아직 멀었나~?》"

……아니, 그러니까 나는…….

《후후후. 이제 곧 마시겠지? 기대돼~.》

…………그, 그런 생각을 해도 말이지…….

《어라? 혹시 안 마시나? ……어어?》

………….

후루룩.

《와아! 마셨어! 코우도 나와 간접 키스를 했어! 그리고 역시 음료가 바뀐 걸 모르네! 후후후. 코우는 이런 둔감한 구석도 귀여워~.》

……따, 딱히 널 위해서 마신 건 아니거든.

목이 좀 말랐던 것뿐이거든……. 진짜로 그것뿐이거든…….

으으……. 모처럼 호러 영화를 골라서 호감도가 오르지 않게 유도했는데……. 아야노, 무진장 즐거워 보이잖아…….

그렇게 겨우 영화가 끝나서 스탭롤이 흐르자 극장 안이 다시 환해졌다.

아야노가 만족스럽게 말했다.

"이 영화 생각보다 재미있었어. 여러모로 막 나가서."

"응…… 그러게."

그런데 뭔가 갑자기 피로가 몰려오는데…….

미즈키가 텅 빈 2L 사이즈 팝콘 용기를 보여줬다.

"이거 봐! 맛있어서 다 먹었어!"

이 녀석은 정말 언제나 행복해 보여서 부럽단 말이지…….

◇ ◇ ◇

영화 감상을 끝낸 뒤의 로비.

엄청 웅장한 음향 기기에 귀가 압박당해 고막이 저리는 감각을 느끼며 두 사람의 안색을 살펴보았다.

"그 영화, 좀 긴 편이어서 피곤해졌는데."

"그러게~. 오늘은 이만 해산할까?"

그렇게 미즈키가 대답하자 아야노는 한순간 불만스럽게 눈썹을 찡그렸지만 곧 기지개를 켜며 말했다.

"그래. 그렇게 하자. 《사실은 이 뒤에 코우와 카페에 가서 서로 먹여줄 예정이었는데——.》"

그런 예정은 없다.

"《——이미 코우가 준 콜라로 배도 마음도 꽉 찼어. 오늘은 글이 잘 써질 것 같은걸~!》"

준 적 없다.

아야노의 주관적인 해석에 황당해하다가 갑자기 소변이 마려워서 걸음을 멈췄다.

옆에서 걷고 있던 아야노가 고개를 갸웃거렸다.

"응? 왜 그래?"

"미안한데 화장실 좀 다녀올게."

"아이스티를 그렇게 벌컥벌컥 마시니까 그렇지."

아이스티를 교환한 건 비밀이잖냐!

이런 데서 실수하지 말라고!

나는 아야노의 실언은 깨닫지 못한 척하며 말했다.

"미안미안. 금방 돌아올게."

"알았어. 그럼 여기서 기다릴 테니까 빨리 와."

당연하다는 듯이 그렇게 말한 아야노에게 미즈키가 장난스럽게 말했다.

"두 사람은 사이가 좋은 게 마치 부부 같은걸!"

"뭐?!"

미즈키의 농담에 허를 찔렸는지 순식간에 얼굴이 빨개진 아야노가 미즈키를 매섭게 흘겨보았다.

"그런 거 아니거든?! 코우타만 혼자 두고 가버리면 불쌍하고 처량하니까 동정심이 생겨서 함께 돌아가려고 한 것뿐이야! 이상한 소리 하지 마! 애, 애초에 함께 영화관에 왔으니까 같이 돌아가는 건 당연하잖아!"

"아하하. 미안미안. 농담이었어."

차암, 하고 말을 흐리는 아야노. 아무래도 두 사람의 관계는 농담을 주고받을 정도로는 좋아진 모양이었다.

빨리 가라고 재촉받기 전에 빠른 걸음으로 자리를 떠서 화장실로 향하고 있으니 돌연히 로비를 오가는 인파 속에서 여자 목소리가 들려왔다.

《용서 못 해⋯⋯. 유메미가사키 아야노, 절대로 용서하지 않을 거야⋯⋯.》

그런 불온한 목소리에 걸음을 멈추고 주위를 둘러보았지만 목소리의 주인으로 보이는 인물은 보이지 않았다.

방금 여자 목소리는 뭐지……? 꽤 큰 목소리였는데 나 말고는 방금 목소리에 반응한 사람이 없었다는 건 속마음이 틀림없는 거지……?

속마음은 감정이 실릴수록 커진다.

그리고 방금 속마음의 내용…….

'유메미가사키 아야노를 절대로 용서하지 않는다' ……고?

다시 한번 주위를 한 바퀴 둘러보았지만 조금 전 목소리는 이제 들리지 않아서 누구의 속마음이었는지는 역시 알 수 없었다.

제2장 『다목적 양동이와 스토커』

　다음 날, 나는 어제 들린 여자 목소리에 대해 상담하려고 학교에 가기 전에 카구라네코 신사를 찾았다.

　여전히 인기척이라고는 전혀 없이 잡초만 무성한 경내 저편에 남루한 배전이 있을 뿐이었다.

　다른 남루한 신사와 다른 점이라고 한다면 전혀 관리가 되지 않은 경내의 온갖 곳에 길고양이의 모습이 있다는 것 정도였다.

　평소대로 네코히메 님에게 한 소리 듣지 않도록 선물이 담긴 비닐봉지를 손에 들고 경내로 발을 들이자 내 얼굴을 기억하는지 지금까지 따분하게 누워있던 고양이들이 일제히 발치로 모여들며 울어댔다.

　"뭐야, 이거 나눠달라는 거야? 하는 수 없구만."

　그렇게 말하며 선물을 꺼내려고 비닐봉지 속에 손을 집어넣자 타앙, 하고 배전의 문이 세차게 열리며 척 보아도 머리끝까지 화가 난 티가 나는 네코히메 님이 모습을 드러냈다.

　네코히메 님은 내 발치에 모여든 고양이들을 노려보더니 큰 목소리로 일갈했다.

　"네 이놈들! 선물은 내가 가장 먼저 받겠다고 하지 않았느냐!"

여전히 좀생이 같은 신이구만…….

"거, 걱정하지 마세요, 네코히메 님. 오늘은 많이 가져왔으니…….."

"너도 문제다! 나에게 바치는 선물을 뭘 당연하다는 듯이 고양이 녀석들에게 주려고 하는 게냐, 이 멍텅구리야! 가라, 뱌쿠야! 혼쭐을 내주어라!"

네코히메 님이 손가락으로 나를 가리키자 어디선가 달려온 흰 고양이 뱌쿠야가 내 가슴에 맹렬한 속도로 돌격했다.

"어차차."

순간적으로 가슴에 뛰어든 뱌쿠야를 양손으로 받아서 안아 드니 뱌쿠야가 야옹, 하고 애교부리는 목소리를 내며 내 몸에 머리를 비벼댔다.

그 모습을 보고 네코히메 님은 화가 더 치민 모양이었다.

"뭘 애교를 부리고 있는 거냐! 물어라! 목을 물어뜯어 버려!"

"뱌쿠야는 그런 짓 안 하거든요…….."

그 뒤에 언제나처럼 츄르를 네코히메 님과 고양이들에게 주자 겨우 소란이 가라앉았다.

네코히메 님은 신사의 툇마루에 앉아서 행복한 표정으로 츄르를 할짝거리고 있었다.

"므흐흐. 이거구나, 이거야. 으하~. 참을 수가 없구나."

"……저기, 슬슬 이야기 좀 해도 될까요?"

"음? 뭐냐, 코우타. 아직 있었느냐. 이만 돌아가도 된다."

좋아. 다음에는 선물은 없다.

"아니, 오늘은 상담할 게 좀 있어서 온 거예요."

그렇게 말하자 네코히메 님은 어딘가 자랑스러워하듯이 가슴을 폈다.

"으음? 신인 나에게 상담이란 말이냐? 흐음……. 나도 그렇게까지 한가하지는 않다만 그래도 네 부탁이라면 들어주지 못할 것도 없구나."

기본적으로 댁 때문에 고생하고 있지만 말이지.

뭐, 기분이 좋아 보이니 적당히 추켜세워주며 이용해 먹을까.

"음? 뭐냐? 너 지금 나에게 굉장히 실례되는 생각을 하지 않았느냐?"

"그럴 리가요! 저는 언제나 네코히메 님을 믿고 있는걸요!"

"그럼 됐구나!"

잘도 넘어오는구만.

이러니까 속아서 이상한 걸 사게 되는 거겠지.

"그래서 본론인데요, 실은 어제 영화관에서 기묘한 목소리를 들어서 말이죠."

"기묘한 목소리라고?"

"예. ……그러고 보니 제 행동은 네코히메 님이 가지고 계신 수정구로 확인할 수 있지 않나요? 그렇다면 설명하지 않아도 아실 텐데……?"

"그건 질려서 이제 안 본다. 최근에는 뱌쿠야가 공놀이 하는 데 쓰고 있지."

아니, 제대로 지켜보시라고요.

나에게 무슨 일이라도 생기면 어쩔 거냐고요.

목구멍까지 올라온 항의의 말을 집어삼키며 말했다.

"아, 아하. 그러신가요."

"그래서 기묘한 목소리란 게 무어냐?"

"뭔가, 아야노에 대한 적개심이라고 할까…… 노골적인 악의가 담긴 듯한 목소리가 들려왔어요."

"뭐, 그런 일도 있겠지. 인간들은 호의와 악의는 종이 한 장 차이라고들 하지 않느냐. 아무리 선량한 이라도 악의의 대상이 될 가능성은 있다는 게지."

"……뭐, 그렇기는 한데요."

"그 아야노라는 계집아이에게 직접 물어보면 뭔가 알 수 있지 않겠느냐?"

"그런 걸 어떻게 물어봐요!"

"왜냐?"

"아니, 그야…… 누군가에게 미움받고 있을지도 모른다는 걸 알려주면 아야노가 신경 쓸지도 모르니……."

"오? 뭐냐? 내 앞에서 깨를 볶으려는 게냐? 너무 주제 파악 못하면 담가버리는 수가 있다만?"

무섭거든요…….

"그런 게 아니라요……. 그저 될 수 있으면 아야노에게 직접 상담하는 건 피하고 싶어서요."

"……뭐, 알았다. 내키지는 않지만 나에게는 널 도울 의무가 있으니까 말이다. 그럼 그 고민을 신인 내가 깔끔하게 해결해주마.”

“해결하실 수 있어요?”

“뭐, 보고만 있어라.”

네코히메 님은 다 먹은 츄르 포장지를 품 안에 넣고는 툇마루에서 사뿐히 내려서더니 숨을 크게 쉬며 박수를 한 번 쳤다.

마주 댄 네코히메 님의 양손을 중심으로 마치 파문과 같은 일렁임이 발생하더니 주위로 확산되었다. 터무니없을 정도로 큰 박수 소리에 나는 순간적으로 양쪽 귀를 막았다.

동시에 그때까지 드러누워 있거나 내 선물을 음미하고 있던 고양이들이 일제히 네코히메 님의 눈앞으로 집합했다.

박수 소리는 신사의 외부로도 전해졌는지 그 뒤로도 어디선가 나타난 길고양이들이 모여들어 신사의 경내는 눈 깜짝할 사이에 고양이로 바글바글해졌다.

그 장관에 나도 모르게 감탄의 말이 흘러나왔다.

“끄, 끝내준다…….”

네코히메 님이 흐흥, 하고 코로 웃었다.

“이만한 고양이들을 쓰면 네가 말했던 불온한 속마음의 주인도 금방 찾아낼 수 있을 게다. 어떠냐, 내 힘이! 와하하! 고개를 조아리고 떠받들거라!”

행실은 저래도 네코히메 님은 역시 신이란 말이지…….

이만한 수의 고양이가 정보를 모은다면 틀림없이 눈 깜짝할 사이에 그 속마음의 주인을 특정할 수 있을 것이다.

“감사합니다, 네코히메 님! 역시 네코히메 님은 존경스러운

신이시네요!"

"후후후. 뭘 이런 걸 가지고."

"드러누운 채 불평불만만 하면서 자신의 실패를 타인에게 떠넘기려 하는 막장은 아니었군요!"

"그런 식으로 생각했던 거냐……."

"하지만 다시 봤어요! 역시 신! 역시 네코히메 님!"

"……므흐흐. 뭐, 좋다."

네코히메 님은 크흠, 하고 목을 한 번 가다듬고는 다시 고양이들을 보았다.

"그럼 고양이들아! 이제부터 유메미가사키 아야노라는 계집아이에게 악의를 가진 고얀 녀석의 수색을 시작하겠다! 수상한 인물을 발견하면 빠트리지 않고 나에게 보고하거라! 어떠한 사소한 정보라도 좋다! 용의자를 찾아낸 고양이에게는 특별히 상을 내리마! 그럼 나를 위해 열심히 일하거라!"

경내 전체에서 고양이 울음소리가 들려오는 가운데 뒤늦게 경내에 들어온 고양이 한 마리가 한층 커다란 목소리로 울며 네코히메 님에게 무언가를 호소했다.

그 고양이의 등장에 경내가 삽시간에 조용해졌다.

뭐지? 저 고양이가 무슨 말을 한 건가?

"네코히메 님? 무슨 일이에요?"

네코히메 님은 부들부들 떨면서 뒤늦게 들어온 고양이에게 물었다.

"……방금 그 말이 사실이냐?"

뒤늦게 들어온 고양이가 필사적인 기색으로 야옹야옹 울며 뭔가를 설명했다.

고양이의 이야기를 전부 들은 네코히메 님은 작은 목소리로 "알았다······." 하고 중얼거리고 나서 다시 모여든 고양이들 쪽을 보았다.

"고양이들아! 조금 전 명령은 취소다!"

"예?! 네코히메 님?! 왜 갑자기 취소를──."

네코히메 님은 내 말을 무시하고 흥분한 기색으로 말을 이었다.

"방금 옆 동네 신사가 새전을 도둑맞았다는 정보가 들어왔다! 누구라도 좋으니 범인을 찾아내거라!"

"""야옹!"""

"신의 돈에 손을 댄 어리석은 자에게 숙청을!"

"""야옹!"""

"신벌을 두려워하지 않는 고얀 놈에게 철퇴를!"

"""야옹!"""

"가라, 고양이들아! 반드시 범인을 찾아내는 거다!"

"""야옹!"""

네코히메 님의 호령에 따라 모여있던 고양이들이 한 마리도 남김없이 신사 밖으로 나가버렸다.

외따로 남겨진 나는 그제야 네코히메 님을 돌아보았다.

"······저기, 네코히메 님. 제가 상담한 일은 어떻게 된 건가요?"

네코히메 님은 나를 냉담하게 흘겨보고는 따지지도 못할 정도로 단호하게 말했다.

"스스로 알아서 하거라!"

"아, 옙……."
잠시라도 네코히메 님을 다시 본 내가 바보였다…….

카구라네코 신사를 뒤로한 나는 빠른 걸음으로 학교로 향했고 교실에 도착했을 때는 이미 조례가 시작되기 직전의 시간이었다.
어떻게 지각하지는 않았네……. 지각했으면 또 아마미야 선생님에게 혼났을지도 모르니까…….
자신의 자리로 가자 앞자리에 앉은 미즈키가 "아마미야 선생님이 오시기 전이어서 살았네." 하고 작은 목소리로 놀리듯이 말했다.
"그러게."
건성으로 대답하고 옆자리에 앉은 아야노의 안색을 살펴보다가 눈이 딱 마주쳐서 아야노에게 "왜." 하고 한 소리 들었다.
"아, 아무것도 아니야."
그렇게 대답하고 의자에 앉자 아야노의 속마음이 들려왔다.

"《어라~? 오늘도 코우를 기다렸는데 한참을 오지 않아서 틀림없이 먼저 갔다고 생각했는데……. 이상하네…….)》"

아야노에게 들키지 않게 일부러 우회해서 등교했으니까.

네코히메 님에게 가는데 따라오면 여러 가지로 성가셔지고.

그러고 보니 네코히메 님의 모습은 다른 사람에게도 그냥 보이나?

"《으……. 오늘은 함께 등교하지 못했다 보니 코우 성분이 부족해서 힘들어……. 뭔가 적당히 트집 잡아서 수다라도 떨까……. 아이디어도 아직 더 필요하고!)》"

깡패냐고!

그냥 말 걸면 되잖아…….

그런 생각을 하고 있다가 네코히메 님이 퉁명스럽게 말했던 '스스로 알아서 하거라!' 라는 말이 떠올랐다.

누군가가 아야노에게 악의를 가지고 있다는 건 틀림없다.

그걸 직접 아야노에게 물어봐서 심란하게 하고 싶지는 않았다. 그렇지만 이대로 내버려 둘 수도 없고…….

에둘러서 떠볼까…….

"아야노, 물어볼 게 좀 있는데……."

말을 걸자 아야노가 어깨를 들썩였다.

"《아앗?! 코우가 말을 걸어줬어! 이건 내 마음이 전해졌다고 봐도 되는 거지?! 나와 코우는 장래에 결혼한다고 생각해도 되는 거겠지?!)》"

거의 매일 대화하고 있잖니…….

아야노는 짐짓 태연한 척 머리카락을 귀 뒤로 넘기며 귀찮다는 듯한 태도로 말했다.

"하아……. 아침부터 번거롭게 뭔데 그래. 하고 싶은 말이 있으면 분명하게 말하는 게 어때?《프러포즈♪ 자자♪ 프러포즈♪》"

안 하거든…….

"그게 말이야……. 최근에 뭔가 생활하면서 깨달은 거나 변한 건 없어?"

"《변한 거라고 한다면 코우가 최근에 샴푸를 바꾼 모양인데 혹시 그걸 깨달아줬으면 해서 에둘러서 물어보는 걸까?》"

응. 아니란다.

아니, 그보다 샴푸 이야기는 너에게 한 번도 한 적이 없는데 어떻게 바꾼 걸 아는 거냐. 무섭거든.

"《아니면 그건가? 내가 스타킹을 신고 있을 때 코우가 나에게 들키지 않게 몰래 훔쳐보고 있는 걸 말하는 걸까? 나도 최근에 깨달은 건데 코우는 스타킹을 좋아하는 게 분명해. 훔쳐본 게 들키지 않았는지 걱정되어 떠보는 걸까?》"

그건 절대로 유나에게는 말하지 말아줘.

오빠의 취향으로 여동생을 슬프게 하고 싶지는 않으니까.

앞으로는 들키지 않게 더욱 신중히 훔쳐보자…….

아야노는 잠시 고민하더니 앗, 하고 떠올랐다는 듯이 말했다.

"그러고 보니 최근에 누군가가 따라다니는 듯한 기척이 느껴져."

아니, 깨닫고 있었냐고!

"그게 누군지 짚이는 데는 있어?!"

놀란 나머지 나도 모르게 큰 목소리를 내자 아야노는 당황한
것처럼 대답했다.

"아, 아니, 아마도 그냥 기분 탓일 테니 그렇게 진지하게 생각
할 일은 아니야."

"……언제부터 그런 느낌이 들었는데?"

"그게…… 아마도 사인회 이후부터였던가…….."

사인회…….

그렇군. 요컨대 아야노를 노리는 상대는 사인회에서 아야노
를 목격한 누군가일 가능성이 큰 건가.

그러고 보니 내가 들었던 아야노를 노리는 속마음은 젊은 여
자의 목소리였다.

아야노가 쓴 소설의 팬은 대다수가 젊은 여성이다. 요컨대 그
중의 누군가라는 건가…….

생각에 잠겨 있으니 아야노가 걱정스러운 얼굴로 들여다보았
다.

"얘, 코우타. 듣고 있어?"

얼굴이 너무 가까워서 반사적으로 물러났다.

"아, 미, 미안. 뭐라고 했는데?"

"안 들렸어? 갑자기 왜 그런 걸 물어보는 거냐고 했잖아.
……혹시 무슨 일 있었어?"

아야노를 노리는 속마음을 들었다고는 못하겠지.

그렇지만 이대로 어설프게 변명하며 둘러대도 아야노가 위험할 뿐이었다.

어떻게 해야 하나…….

내가 머뭇거리고 있으니 앞자리에 앉아 있던 미즈키가 몸을 돌려서 이쪽을 돌아보고는 검지를 세우며 말했다.

"그건 유메미가사키 양의 스토커가 분명해!"

아야노가 어리둥절한 얼굴로 미즈키를 보았다.

"스, 스토커……?"

"응! 1학년 때부터 줄곧 스토킹 피해를 받아온 내가 하는 말이니까 틀림없어!"

왜 좀 자랑스러운 기색이냐.

그리고 범인은 네 주변인이었거든?

"나도 1학년 때는 자주 얼굴도 이름도 모르는 애한테 고백받은 걸 거절했다가 험담을 듣거나 했었는데 분명 그런 부류일 거야!"

스토커라고 해도 딱히 와닿지 않는지 아야노가 반론했다.

"……그런데 나 같은 애를 스토킹할 사람이 있기는 해?"

"위기감이 없어! 유메미가사키 양은 자신의 외모가 어떤지 전혀 이해하고 있지 않아! 그 백옥 같은 피부! 매끄러운 검은 머리칼에 모델 수준의 몸매! 게다가 한창때 여고생이잖아! 그런 애가 돌연히 전학을 오니까 다른 반에서도 유메미가사키 양의 화제로 자자해! 그러니 언제 누군가에게 스토킹을 당해도 이상하지 않은걸!"

아야노는 오물이라도 보는 듯한 눈으로 미즈키를 쏘아보았다.

"소름 끼쳐……."

"날 보고 그러지는 말고!"

여자들끼리의 대화였다면 평범했겠지만 아야노는 미즈키를 남자로 생각하고 있으니까……. 그야 돌연히 그런 말을 들으면 소름 끼치겠지…….

그렇지만 여기서는 미즈키에게 편승하도록 할까.

"실은 최근에 아야노가 좀 이상해 보여서 무슨 일이 있나 싶어 물어본 거야."

아야노의 눈이 동그래졌다.

"어? 그랬어? 그렇게 신경 쓰지는 않았는데……."

"야, 소꿉친구인 나를 얕보지 말라고. 아야노가 어떤지는 다 아니까."

"《코우 너무 좋아!》"

느닷없이 마음속으로 고백해서 말을 끊지 마라.

그리고 그걸 현실에서 말하면 나 죽거든?

"그나저나 아야노가 그런 상황이라는 걸 알았으니 이대로 내버려 둘 수는 없겠는데."

"어쩌려고?"

그렇게 물어보는 아야노에게 나는 자못 자신 있다는 듯이 말했다.

"나는 이래 봬도 전에 미즈키를 따라다니던 스토커를 격퇴한 일이 있거든. 그러니 이번에도 내가 어떻게든 해줄게. 그러면 말 나온 김에…… 앞으로 당분간 방과 후에 함께 하교하는 건 어때?"

"함께 하교하자고? 나와 코우타 둘이서?"

"응. 최근에는 해 질 녘에도 흉흉하니까."

아야노는 침을 꿀꺽 삼키며 흥분한 기색으로 뺨을 붉게 물들였다.

"《하, 함께 하교?! 그건 부부나 다름없잖아! 어?! 이거 꿈은 아니지?! 현실이지?! 만세~! 후오오오오오오! 코우와 함께! 코우와 함께! ……그런데 잠깐만. 여기서 방심해서 기뻐해 버리면 내가 코우를 좋아한다는 걸 들키고 말 거야! 진정하자……. 여기서는 냉정하게……. 냉정하게…….》"

아야노는 후우, 하고 마음을 진정시키듯이 숨을 한 번 내쉬고는 냉철한 눈으로 나를 쏘아보았다.

"어쩔 수 없네. 그럼 앞으로 한동안 코우타와 함께 돌아가 줄게. 고맙게 생각해."

그렇게 허세를 부리고 있었지만 입가가 씰룩이며 올라갔고 눈가도 어색하게 가늘어져 있어서 척 보아도 기뻐 보였다.

전혀 감정을 죽이지 못했잖아……. 좀 더 노력해 보라고…….

"그, 그래. 그럼 그렇게 하자."

"하아⋯⋯. 귀찮아. 《코우와 함께! 코우와 함께! 에헤헤!》"

아야노의 속도 모르고 미즈키가 생긋 웃으며 말했다.

"그런 거라면 나도 함께 갈게! 사람이 많은 편이 안심되잖아!"

"칫."

"응?! 방금 혀를━━."

"잘못 들은 거겠지."

"그, 그래⋯⋯? 《분명히 혀를 찼었어! 역시 유메미가사키 양은 나를 싫어하나?! 최근에는 꽤 사이가 좋아졌다고 생각했는데⋯⋯.》"

역시 이 두 사람은 상성이 안 좋아 보이는데⋯⋯.

아무튼 아야노와 함께 행동할 약속은 했으니 만에 하나로 스토커가 아야노에게 무슨 짓을 할 생각이더라도 제삼자가 있는 환경에서 섣부르게 움직이지는 못할 것이다.

⋯⋯그래도 혹시 모르니 다른 대비도 해둘까.

화장실을 다녀오겠다는 말을 남기고 일단 교실에서 나와 사람이 별로 없는 계단 옆에서 핸드폰을 꺼냈다.

아야노는 사인회 직후부터 누군가가 따라다니고 있는 듯한 기척이 느껴진다고 했었다. 그렇다면 그 사람에게 물어보면 무언가를 알 수 있을지도 모른다.

핸드폰 수화기에서 통화 연결음이 몇 차례 울린 뒤에 여성의 목소리로 변했다.

『예. NJ문고 편집부 편집자 키리기리 사이코입니다.』

"아, 사이코 씨, 오랜만에 인사드려요. 니타케 코우타입니다."

수화기 너머의 상대는 아야노의 담당 편집자인 키리기리 사이코 씨였다.

전에 만났을 때 헤어지면서 받은 명함에 적혀 있던 번호로 전화를 걸었다.

전화를 건 상대가 나라는 것을 깨달은 사이코 씨의 목소리가 높아졌다.

『어머. 코우타 군, 오랜만이네. 어쩐 일이니?』

"바쁘실 텐데 죄송합니다. 실은 그게요——."

사정을 설명하자 사이코 씨는 신음하듯이 말꼬리를 흐렸다.

『아야노의 스토커라……. 알았어. 이쪽에서도 알아볼게. 짚이는 사람도 있으니까…….』

"짚이는 사람요……?"

그렇게 물어보았지만 수화기 너머에서 사이코 씨를 부르는 목소리가 들려와서 사이코 씨가 허둥지둥 대답했다.

『아무튼 연락해줘서 고마워. 또 뭔가 알게 되면 알려줄게. 그럼 끊을게.』

그렇게 할 말만 하고 통화가 강제로 종료되었다.

편집자란 바쁘구나…….

그렇게 마침 핸드폰을 주머니에 넣었을 때 계단을 내려오는 발소리가 가까워졌다.

계단 쪽을 보니까 담임인 아마미야 선생님이었다.

여느 때처럼 검은 정장을 입고 검은 곱슬머리를 하나로 묶어 가슴께에 드리우고 있다.

그렇지만 표정은 평소보다 험악했고 계단 옆에 있는 나와 눈이 마주치자마자 언짢은 목소리로 말했다.

"어머, 이런 곳에 있었군요, 니타케 군. 잠시 따라와 줄래요?"

"……예?"

이유는 알 수 없지만 왠지 모르게 불길한 예감이 드는데…….

영문도 모른 채 따라오라는 말을 들은 나는 빠른 걸음으로 성큼성큼 걸어가는 아마미야 선생님의 등에 대고 물었다.

"저기, 아마미야 선생님. 어디 가시는 건데요?"

아마미야 선생님은 걸음을 멈추지 않고 앞을 본 채 담담한 말투로 대답했다.

"니타케 군. 어제는 즐거웠나요?"

"……예? 어제?"

"예, 어제요."

"어제라면…… 아야노와 미즈키와 함께 영화를 보러 간 것뿐인데요……."

이쪽을 힐끗 본 아마미야 선생님의 눈은 내가 이때까지 보아

온 그 어떤 사람의 눈보다 탁하게 흐려져 있었다.

"그래요. 영화를 보러 간 것뿐이란 말이죠. 《……어제는 한 달
에 한 번 미즈키 아가씨와 함께 쇼핑하러 가는 날이었는데……
미즈키 아가씨는 그 사실을 감쪽같이 잊고 니타케 군과 영화를
보러 갔어요! 니타케 군———— 절대로 용서하지 않겠어요!》"

　아니, 그게 내 탓이냐고요!
　약속을 까먹은 미즈키한테 화내시라고요!
　왜 모든 죄를 나한테 덮어씌우는 거냐고요!

"《이 수단만큼은 쓰고 싶지 않았는데……. 이렇게 된 이상은
어쩔 수 없네요. 니타케 군은 이 학교에서 없어져 줘야겠어요!》"
　없어져 줘야겠다고? 무슨 의미지?
　걸음을 멈춘 아마미야 선생님의 눈앞에는 문이 있었다.
　다른 교실과는 다르게 어딘가 중후하고 비싸 보이는 문이었
다.
　앞에 달린 문패를 보니 '이사장실'이라고 적혀 있었다.
　이사장실? 그런 게 이 학교에 있었구나…….
　똑똑, 하고 아마미야 선생님이 문을 노크하자 안에서 "들어
와." 하는 여성의 목소리가 돌아왔다.
　아마미야 선생님의 뒤를 따라 안에 들어갔다.
　방의 중앙에는 두 소파 사이에 낀 모양새로 놓인 낮은 앤티크
테이블.

방의 양 끝에는 자료와 트로피 등이 장식된 선반.

그리고 맞은편의 방 안쪽에서는 대량의 서적이 쌓여있는 책상에 팔꿈치를 대고 깍지 낀 손가락으로 입가를 가린 여성이 이쪽을 엄격한 눈으로 노려보고 있었다.

"네가 니타케 코우타인가……."

웨이브진 앞머리 사이로 엿보이는 삼백안과 눈이 마주치자 그 강압적인 박력에 순간적으로 대답하지 못했다.

이 사람이 이사장인가……?

겉보기로 봐선 서른…… 아니, 아직 20대로도 보이는데…….

"뭘 멀뚱히 있지?"

어딘가 무감정하게 느껴지는 이사장의 말투에 위축되면서도 이번에는 겨우겨우 말을 쥐어짜 냈다.

"어…… 그러니까…… 이사장님이신가요?"

"흠……. 네가 이사장인 나를 모르는 것도 어쩔 수 없는 일이지. 나는 평소에도 사람들 앞에 모습을 드러내지 않으니까."

각진 옷깃의 흰색 정장을 입은 이사장은 마찬가지로 양손에는 하얀 장갑을 끼고 있어서 깍지 낀 손가락에 힘이 들어가자 가죽제 장갑에서 작은 마찰 소리가 들려왔다.

자신이 왜 이곳으로 불려왔는지를 물어보려고 하자 내 말을 가로막듯이 이사장이 먼저 입을 열며 뜻밖의 말을 했다.

"내 이름은 사이온지 아카리. 사이온지 미즈키의 누이다."

"예……?"

멍청하게 되물을 수밖에 없었다.

미즈키의 누이? 이사장이?

보이는 나이로는 말도 안 되는 건 아니긴 한데…….

그런데 왜 그걸 나에게 알려주는 거지?

무슨 목적으로……?

동요하는 내 귀에 바로 옆에 서 있던 아마미야 선생님의 속마음이 들려왔다.

"《크크크……. 이걸로 니타케 군도 끝장이네요. 왜냐하면 아카리 님에게는 사전에 니타케 군이 미즈키 아가씨의 정체를 깨달았을 가능성이 있다는 걸 전해뒀으니까요. 이제 와선 진위는 아무래도 좋아요. 아카리 님의 손에 걸리면 없던 일이라도 있는 일로 만드는 건 손쉬운 일이니까요. 의심스럽다면 벌을 받아야죠. ……크크크. 그래요. 니타케 군. 당신만큼은 용서할 수 없어요. 저와 미즈키 아가씨의 소중한 시간을 앗아간 당신만큼은!》"

아니, 그러니까 그건 미즈키가 약속을 까먹은 거잖아요!

엉뚱한 원한으로 일 좀 벌이지 마시라고요!

이 자리에서 아마미야 선생님을 규탄하고 싶은 충동을 필사적으로 참아내며 지금도 이쪽을 머리끝부터 발끝까지 뜯어보고 있는 이사장 앞에 섰다.

"《니타케 코우타……. 이 남자가 미즈키와 가장 가까운 친구

인가……. 참으로 불결하군. 지금 이 자리에서 퇴학시켜 버릴
까…….》"

뭐요?!

네코히메 님에게 들은 주의사항이 머릿속을 스치고 지나갔다.

주의사항 두 번째, 『이 능력은 현재 다니고 있는 학교를 졸업
할 때까지 사라지지 않는다. 중퇴 및 전학 시 죽는다』.

우, 웃기지 말라고! 이쪽은 학교를 관두게 되면 죽는단 말이
야!

아니, 애초에 이야기도 시작하기 전부터 왜 그렇게 나에게 악
의가 가득한 거냐고…….

아마미야 선생님이 뭔가 바람을 넣은 건가?

아무튼 여기서는 상대의 진의를 확인해 볼 수밖에 없다…….

나는 최악의 사태를 상정하며 신중하게 말을 골랐다.

"……미즈키의 누님이시라고요? 미즈키에게는 아무것도 들
은 게 없는데요……."

"미즈키에게는 부주의하게 나와의 관계를 발설하지 않도록
함구시켰으니까. 교사 중에서도 나와 미즈키의 관계를 아는 이
는 적어."

"그, 그런가요. 확실히 이사장님이 미즈키의 누나라는 게 알
려지면 여러 가지로 신경 쓸 것 같기는 하네요."

"《'누나'라……. 아마미야는 이 남자가 미즈키가 여자라는

걸 알고 있을 가능성이 크다고 했었는데 아무리 그래도 이런 데서 실수를 하지는 않나.》"

실수로 이사장님을 '언니'라고 하기라도 한다면 그 시점에서 아웃이겠는데……. 조심해야겠어…….

"미즈키와는 1학년 때부터 같은 반이라던데. 사이좋게 지내고 있나?《일단 지금으로서는 그런 언동은 보이지 않는데……. 만약 미즈키가 여자라는 걸 들켰다면 그 시점에서 미즈키에게 가문을 잇게 한다는 내 계획이 허사가 돼. 요즘 시대에 남자만이 가문을 이을 수 있다고 하는 우리 사이온지 가문에도 문제는 많지만 말이지.》"

가문을 잇게 하는 계획?

남자밖에 가문을 잇지 못해?

……요컨대 사이온지 가문의 후계자로 만들기 위해 미즈키를 남자로 키우고 있다는 건가?

조금 떠볼까…….

"저기, 이사장님은 꽤 젊어 보이시는데도 이사장이라니 대단하시네요."

"인사치레는 됐다.《그런 건 돈만 있으면 어떻게든 되니까.》"

"혹시 장래에는 미즈키가 잇거나 하나요?"

"글쎄. 그건 아직 모르는 일이지.《미즈키는 사이온지 가문을 짊어져 줘야 해. 계승권을 가진 다른 남자들은 제대로 된 인간이 없으니까. 이놈이고 저놈이고 돈과 권력에 홀린 무능력자들뿐이고. ……역시 남자 따윈 불필요해. 욕심이 없는 미즈키 말고 사이온지 가문의 가장에 걸맞은 이는 없어.》"

　……아무래도 미즈키를 내세워서 사이온지 가문을 좌지우지 하려는 건 아닌 모양인걸.

　혹시 남자가 싫어서 미즈키를 사이온지 가문의 가장으로 만들고 싶은 건가……?

　"니타케 코우타."

　그 무미건조한 말투에 이름을 불린 것만으로도 한순간 등이 오싹해졌다.

　"……예?"

　"《귀찮군……. 떠보고 그 반응으로 진의를 알아볼까.》"

　이사장은 나에게서 시선을 떼지 않고 천천히 입을 열었다.

　"단도직입적으로 묻지. 너는 미즈키의 비밀을 알고 있나?"

　핵심을 찌르는 질문이었다.

　사전에 속마음을 듣지 못했다면 동요해서 표정으로 드러났을지도 모른다.

　아마미야 선생님은 어제 미즈키가 나와 노느라 자신과의 약속을 내팽개치자 감정적이 되어 이사장에게 나에 대한 의혹을 밝힌 거겠지.

　그렇게 함으로써 만일 정말로 내가 미즈키가 여자라는 사실을 깨달은 것을 이사장이 확신하게 되면 미즈키는 메이드와 딱 붙어서 생활한다는 특별한 여학교로 전학을 가게 된다.

그리고 만약 내가 미즈키의 비밀을 모른다고 이사장이 판단하더라도 여존남비적인 생각을 지닌 이 이사장이라면 나와 미즈키가 가깝게 지내는 것을 못마땅하게 여겨서 그대로 전학시키리라 생각했을 것이다.

　어느 쪽이 되었든 아마미야 선생님에게는 이득이었다.

　……하지만 앞뒤 생각 안 하고 감정적으로 행동해 봤자 결과는 뻔하다.

　나에게 이 상황은 위기도 뭣도 아니었기 때문이다.

　나는 고개를 갸웃거리며 무슨 말이냐는 듯이 눈살을 찌푸렸다.

　물론 그런 척했을 뿐이다.

　"비밀이요? 으음……."

　그러다가 무언가를 깨달은 것처럼 눈을 크게 뜨며 머뭇머뭇 아마미야 선생님 쪽으로 시선을 보냈다.

　이 상황에서 자신을 보는 이유를 모르겠다는 것처럼 아마미야 선생님은 의아한 표정으로 눈을 깜빡였다.

　"《니타케 군이 뭔가 말하기 곤란하다는 듯한 표정으로 이쪽을 보고 있는데…… 왜죠? 지금은 미즈키 아가씨의 비밀을 아느냐고 질문을 받은 상황인데. 만약 정말로 알고 있다면 좀 더 동요해도 이상하지 않고 모른다면 머뭇거리지 않고 대답하면 될 뿐일 텐데요. ……그런데 왜 곤란한 표정으로 저를 보는 거죠? 마치…… 미즈키 아가씨의 비밀과 제가 관련이 있어서…… 그 사실을 이사장님에게 말할지 어떨지를 망설이는 듯한………… 헉?!》"

　마침내 상황이 이해되었는지 아마미야 선생님이 확연하게 당
황한 표정을 지었다.

　"《서, 설마 니타케 군! 아카리 님이 말한 '미즈키 아가씨의 비
밀'을 제가 미즈키 아가씨 몰래 사진을 찍어서 수집하고 있던
일로 착각하고 있는 건가요?!》"

　좋아. 생각대로 유도했다.
　아마미야 선생님의 얼굴에서 땀이 뻘뻘 흘렀다.
　"《그, 그게 아니에요, 니타케 군! 지금은 그런 이야기가 아니
에요! 그 이야기를 해도 되냐는 듯한 얼굴로 저를 바라보지 마
세요! 절대로 말하면 안 되거든요?! 그런 사실이 이사장님에게
알려지면 저도 어떻게 될지 모른단 말이에요! 아아아아아아아!
이렇게 될 줄 알았다면 이사장님에게 바람을 넣지 말 걸 그랬어
요! 저는 바보예요! 바보! 바보!》"
　생각 좀 하고 행동하지 그러셨어요…….
　허둥대며 땀투성이가 된 아마미야 선생님을 깨달았는지 그때
까지 내 일거수일투족을 관찰하듯이 바라보고 있던 이사장의
시선이 아마미야 선생님에게로 옮겨갔다.
　"음? 왜 그러지? 안색이 상당히 안 좋아 보이는데…….."
　"예?! 아, 아무렇지도 않은걸요! 아하하!"
　"……?《화장실이 급한가?》"

아마미야 선생님은 어색하게 웃더니 "아, 맞다!" 하고 부자연스럽게 손을 모았다.

"니타케 군! 1교시는 체육이었죠?! 서두르지 않으면 늦을 거예요! 《아, 아무튼 일단 니타케 군을 여기서 끌어내어 입부터 막아야 해요!》"

"예? 하지만 저에게 뭔가 용무가 있어서 여기로 데려오신 거 아니었나요?"

"이, 이제 괜찮아요! 충분해요! 그렇죠, 이사장님?!"

아마미야 선생님은 내 양어깨를 덥석 짚더니 문 쪽으로 밀어내며 이사장의 안색을 살펴보았다.

아마미야 선생님의 갑작스러운 기행에 이사장도 압도된 모양이었다.

"《역시 화장실인가⋯⋯. 생리현상이라면 별수 없지. 어차피 오늘은 얼굴을 봐두고 싶었을 뿐이니까. 떠봐도 반응이 없었으니 여기서 마무리 지을까.》"

이사장은 흠, 하고 작게 고개를 끄덕이며 의자에서 일어나 내 눈앞까지 와서는 귓가에 대고 작게 속삭였다.

"잊지 말도록. 나는 언제나 너를 지켜보고 있으니까. 《자, 어떻게 반응할지⋯⋯.》"

나는 무슨 소리인지 모르겠다는 듯한 표정을 지어내며 아, 옙, 하고 살짝 고개를 숙였다.

"《……흠. 역시 반응은 없나……. 그렇지만 아마미야의 언질도 있으니 만일을 위해 경계는 해둘까.》"

완전히 의혹이 풀린 건 아닌 모양이지만 어떻게든 벗어났군.

그 뒤에 아마미야 선생님에게 등을 떠밀린 나는 허둥지둥 이사장실을 뒤로했다.

이사장실에서 조금 떨어진 곳으로 오자 아마미야 선생님이 울상을 한 채 말을 쏟아냈다.

"니타케 군! 제가 사이온지 군의 사진을 수집했던 사실은 절대로 비밀이에요!"

"예? 그랬나요? 저는 틀림없이 이사장님이 그걸 묻고 계신다고 생각했는데……."

"《여, 역시! 위험했어요!》"

아마미야 선생님은 침을 튀기며 말했다.

"그 사실은 절대로! 저얼대로! 누구에게도 말하면 안 되니까요! 아셨죠?!"

"그, 그래요……? 알았습니다."

안심한 것처럼 안도의 숨을 내쉬는 아마미야 선생님을 보고 있자니 학생을 전학 보내려고 했었으면서! 하고 태클을 걸고 싶어졌지만 나는 어른이므로 참을 수 있었다.

………….

……그래도 언젠가 반드시 본때를 보여줄 테니 각오하고 계시죠.

◇ ◇ ◇

"그렇구나. 그래서 결국 아마미야 선생님은 무슨 일이셨는데?"

1교시 체육 수업이 끝난 뒤 수업에 썼던 배구공이 담긴 카트를 밀며 미즈키가 물었다.

"아, 그게……. 아니, 별일 아니었어."

진심으로 미즈키를 도촬했던 걸 꼰질러 버릴까…….

그렇게도 생각했지만 그건 그것대로 성가셔질 게 뻔했으므로 관뒀다.

"……그나저나 어째서 우리가 수업에 썼던 배구공을 정리해야 하는 거지."

"어쩔 수 없잖아. 가위바위보에서 져버렸으니까."

"하아……. 상대가 여자였다면 안 졌을 텐데……."

"응? 뭐라고 했어?"

"아무것도 아니야……. 그보다 후딱 창고로 치워버리자. 서두르지 않으면 다음 수업이 시작될 테니까."

"그러게~."

……그나저나 이사장과 미즈키가 자매라고 했었는데 얼굴은 전혀 안 닮았는걸…….

직접 미즈키에게 물어볼까…… 아니, 어떻게 아는 거냐고 물어보면 설명하기 번거로우니까 지금은 됐나.

체육관 뒤에 외따로 세워진 작은 창고. 카트를 밀고 있는 나 대신 미즈키가 창고의 셔터를 올려서 열었다.

"열었어~."

"땡큐."

셔터가 내려가지 않도록 미즈키가 손으로 들어 올리고 있지만 키가 작은 탓에 나는 허리를 푹 숙이고 창고 안으로 카트를 밀어 넣었다.

라인을 그릴 때 쓰는 석회와 모래 먼지가 섞인 독특한 냄새가 코를 찔렀다.

오른쪽 구석에 지금 밀고 있는 카트를 놓을 공간이 딱 알맞게 있어서 카트를 밀어 넣으려고 했는데 뭔가 걸렸는지 도중에 카트가 움직이지 않게 되었다.

"어라? 왜 안 움직이지……."

"응~? 앗. 타이어가 컬러 콘을 밟고 있어. 지금 치울 테니까 잠깐 있어 봐."

"부탁해."

미즈키가 그렇게 말하며 셔터에서 벗어나 카트의 진로를 막고 있던 컬러 콘을 옆으로 치우자 그제야 카트가 앞으로 움직였다.

"오. 움직이네. 잘했어, 미즈키. 그럼 우리도 빨리 옷 갈아입고 교실로——."

철커덩!

갑자기 후방에서 굉음이 들려와서 나와 미즈키는 어깨를 들썩였다.

놀라서 뒤를 돌아보니 조금 전까지 올라가 있던 셔터가 어째서인지 완전히 내려가 있었다.

"뭐지? 셔터가 멋대로 닫힌 건가?"

"까, 깜짝이야."

"참 나. 왜 체육관은 깔끔하면서 창고는 낡아빠진 거냐고. 위험하잖아."

낡아빠진 창고를 방치하고 있는 학교에 불평하면서 셔터에 다가가 조금 전에 미즈키가 열었던 것처럼 셔터를 들어 올리려고 했다.

하지만 셔터는 철커덩, 철커덩하고 무자비한 소리만 낼 뿐 미동도 하지 않았다.

"어라? 이거 왜 안 열리지."

미즈키가 실실 웃으며 말했다.

"차암~ 무슨 장난을 치는 거야~."

그리고 나처럼 셔터를 열려고 했지만 철커덩, 철커덩하고 역시나 귀에 거슬리는 금속음만 날 뿐이었다.

"어, 어라? 이상하네?"

그 뒤에 철커덩, 철커덩하고 셔터에 붙어서 안간힘을 쓰고 있는 미즈키를 아랑곳하지 않고 창고 벽 위쪽에 달린 작은 유리창에서 낯익은 마음속 목소리가 들려왔다.

"《후후후. 설령 니타케 군이 정말로 미즈키 아가씨의 정체를 깨닫지 못했다고 해도 이렇게 밀실에 갇히면 자연스럽게 미즈키 아가씨의 매력에 빠져서 미즈키 아가씨가 남자든 여자든 의식하게 될 게 틀림없어요. 그렇게 되면 그다음은 이사장님이 어떻게든 해주시겠죠…… 후후후. 미즈키 아가씨의 매력을 아는 저이기에 세울 수 있는 작전. 제가 생각해도 너무 완벽하네요.》"

그건 틀림없이 아까까지 함께 있었던 아마미야 선생님의 속마음이었다.

이 선생, 전혀 반성하질 않았잖아!
젠장! 다음에 반드시 댁에 관한 걸 이사장에게 고자질해 주겠어!

얼굴이 새파래진 미즈키가 이쪽을 돌아보았다.
"안 되겠어……. 아마 밖에서 잠근 것 같은데……. 분명 우리가 있는 걸 모르고 누군가가 실수로 닫아버린 거야……."
아니, 바로 저기에 범인이 있거든?
끄으응……. 설마 아마미야 선생님이 이렇게까지 바보였을 줄이야…….
저 사람 미즈키 일이라면 머릿속 나사가 두세 개는 빠져버리는 습성이라도 있나……?
저런 성격으로 용케 미즈키의 메이드로 일했구만…….
뭐가 되었든 이런 장소에서는 빨리 벗어나야 한다.

팔을 쭉 뻗어보자 아슬아슬하게 유리창에 손이 닿아서 열어보려고 옆으로 밀었지만 꿈쩍도 하지 않았다.

"뭐지……? 잠겨 있는 건가?"

"음……. 보기에는 잠겨 있진 않은 것 같아. 그런데 안 열린다는 건 아마 녹슬어서 그런 게 아닐까?"

"녹슬기까지 했냐고……. 하는 수 없지. 이런 상태라도 목소리가 조금은 밖에 들릴 테니."

한껏 숨을 들이마시고 밖을 향해 목소리를 높였다.

"저기요! 누구 없어요?! 저기요!"

바로 옆에 있는 건 아니까 후딱 열라고요, 아마미야 선생님!

그러자 내 목소리가 들렸는지 바로 아마미야 선생님의 속마음이 되돌아왔다.

"《아하하하! 꼴좋네요, 니타케 군! 이사장님 앞에서 제 입장을 위태롭게 만들려고 한 벌이에요!》"

시끄럽거든요?! 자업자득으로 원한을 쌓지 말라고요!

"저, 저기요! 누가 여기 문 좀 열어주세요!"

"《실컷 소리쳐 보시죠!》"

들키지 않았다는 생각에 되는 대로 말하시는구만?!

이렇게 된 거…….

옆에서 보고 있던 미즈키의 손을 당겼다.

"미즈키! 다음은 너야! 소리쳐!"

"어? 나도 하라고?"

"당연하잖아! 애초에 누구 때문에 이런 상황이 되었다고 생각하는 거야?!"

"문이 잠긴 건 딱히 내 탓은 아니라고 생각하는데…….."

너희 집 메이드가 범인이라고!

미즈키는 마지못해서 조금 전의 나처럼 얇은 유리창에 대고 목소리를 높였다.

"저기요! 죄송한데요! 누가 문 좀 열어주세요! 안에 갇혔어요!"

그런 미즈키의 목소리를 아마미야 선생님도 들었는지 허둥대는 속마음이 되돌아왔다.

"《미, 미즈키 아가씨! 지, 지금 당장에라도 미즈키 아가씨를 구해드리고 싶지만…… 바로 꺼내주면 미즈키 아가씨를 의식하게 만든다는 계획이 허사가 되는데……. 어쩌면 좋지…….》"

오? 의외로 고민하는데.

밀어붙이면 넘어오지 않을까?

역시 미즈키 러버답군.

"잘했어. 미즈키, 계속해봐."

"그래!"

흥이 올랐는지 미즈키가 한층 더 목소리에 힘을 주며 소리쳤다.

"저기요! 누가 좀 구해주세요!"

곧바로 아마미야 선생님의 속마음이 되돌아왔다.

"《으으윽……. 미즈키 아가씨가 곤란해 하시는데……. 하,

하지만 작전이…… 으으……. 헉?! 그러고 보니 지금 미즈키 아가씨는 제가 창고 문을 잠가서 가둔 걸 모르시죠……. 요컨대 아가씨를 좀 더 곤란하게 한 뒤에 제가 창고 문을 열면 미즈키 아가씨는 궁지에서 구해준 저를 칭찬해주실지도 몰라요! 으흐흐……. 좋네요! 그러니 여기서는 계속 방관해야겠어요!》"

자작극 멈춰!
이 사람 왜 이렇게 바보 같은 거야?!

"안 되겠어……. 역시 근처에는 아무도 없나 봐……."
그렇게 말하며 미즈키가 소리치기를 관둔 직후에 밖에서 희미하게 아마미야 선생님과는 다른 어른의 목소리가 들려왔다.
"아! 이런 곳에 계셨네요, 아마미야 선생님!"
"……사이토 선생님? 무슨 일이세요?"
"아뇨, 그게 좀 긴급한 일이라……. 아무튼 서둘러서 교무실로 와주시겠어요?"
"예? 아니, 그게…… 저는 아직 볼일이…… 그, 그렇게 잡아당기지 마시고……."
그대로 목소리가 멀어지는 것을 깨닫고 등줄기가 오싹해졌다.
크, 큰일이잖아! 아마미야 선생님이 사라지면 이 셔터를 열어줄 사람이 진짜로 아무도 없게 되는데?!
"여기요! 갇혔어요! 저기요!"
한껏 목소리를 높여봤지만 이미 인기척은 없었고 아마미야 선생님의 속마음도 들리지 않게 되었다.

이런 게 어딨어…….

진짜로 갇힌 거 아닌가…….

다음 수업에 도구를 꺼내러 창고에 오는 학생이 있으면 우리가 이곳에 갇힌 걸 깨닫겠지만 유감스럽게도 인접한 체육관에서도 학생들의 목소리는 들리지 않았다. 이미 2교시 수업이 시작되었을 시간일 텐데도.

요컨대 적어도 앞으로 한 시간은 이 창고가 쓰이지 않는다는 말이다…….

하아, 하고 깊은 한숨을 내쉬며 근처에 쌓여있는 흙투성이 매트 위에 앉았다.

"별수 없지……. 누군가가 깨달을 때까지 여기서 기다릴 수밖에 없겠어……."

"으, 응……. 그러게……."

낡은 뜀틀 위에 앉은 미즈키의 대답은 어딘가 모호했다.

"응? 왜 그래? 뭔가 안색이 안 좋은데."

"어?! 아, 아하하! 아무것도 아니야! 《큰일 났어! 어쩌지?! 갑자기 오줌이 마려워!》"

……뭐요?

"미즈키…… 너 설마…… 화장실 급해……?"

갑작스러운 사태에 무심코 들려온 속마음에 그대로 대답했더니 미즈키가 놀란 것처럼 눈을 크게 떴다.

"어어?! 아, 아니! 그게……………… 뭐………… 응."

"진짜냐…….."

속내를 토로한 미즈키는 거리낌이 없어졌는지 셔터를 탕탕탕 두드리기 시작했다.

"누, 누구 없어요?! 빨리 좀 열어줘! 여기서 내보내 줘! 아, 안 그러면 싸버릴지도 몰라아아아!"

"지, 진정해, 미즈키! 심호흡부터 해!"

"으으……. 코우타……. 나는 이제 한계야……."

"복근에 힘을 주며 견뎌! 분명 누군가 올 거야!"

"이제 무리야……."

"포기하지 마!"

얼굴이 새빨개져서 옷자락을 쥐고 다리를 꼬물거리는 미즈키.

한계 직전이라는 건 보기만 해도 알 수 있었다.

큰일인데……. 이대로라면 미즈키가 지려버릴 거야…….

그렇게 되기 전에 뭔가…… 뭔가…….

불현듯 창고 구석에 방치된 구겨진 양동이가 눈에 들어왔다.

위에서 들여다보니 아무래도 구멍은 뚫려있지 않은 듯했다.

흠…….

아무리 이런 상황이라도 방금 뇌리를 스치고 지나간 해결책을 입에 담는 건 주저되어서 나는 구겨진 양동이를 손에 든 채 미즈키에게 물었다.

"……미즈키, 어쩔래?"

"무슨── 어?! 뭘 들고 있는 거야, 코우타?!"

"……그래서 어쩔래?"

"어쩌긴 뭘 어째! 안 써! 필요 없어! 저리 치워!"

"안심해. 나는 눈을 감고 귀를 막는 것만큼은 누구에게도 져 본 적이 없으니까."

"아무 말로 위로하지 마!"

"……정말로 안 써?"

"…………으, 응. 안 써. 나는 마지막까지 인간으로서의 존엄 은 버리지 않을 거야."

그렇게 단호히 말한 미즈키는 나의 다음 말을 듣고 얼떨떨한 표정을 지었다.

"그래. 알았어. 그럼 이건 내가 쓸게."

"……어?"

멍하니 입을 벌린 미즈키가 나에게 물었다.

"……서, 설마…… 코우타도……?"

"유감스럽게도 말이지."

그래…… 무엇을 감추랴…….

나도 오줌 싸고 싶어서 미칠 것 같아!

미즈키를 격려하는 동안에도 나는 이미 다리를 모으고 참는

중이었다.

양동이를 발견했을 때도 레이디 퍼스트란 생각에 미즈키에게 먼저 권했지만 미즈키가 안 쓰겠다면 내가 써도 문제는 없겠지.

미즈키는 뭔가 두려운 것이라도 보는 듯한 눈으로 말했다.

"······정말로 거기다 할 거야?"

"물론이지. 지릴 바에는 양동이에 싸겠어. 그게 내가 인간으로서의 존엄을 유지하는 방식이야. 미즈키는 거기서 얌전히 지리도록 해."

"으으······."

분하다는 듯이 입술을 깨문 미즈키는 다음 순간엔 나에게서 양동이를 빼앗았다.

"여, 역시 이건 내가 쓸게!"

"아니?! 야, 조금 전엔 안 쓴다며! 이리 줘!"

"싫어! 지릴 바에는 여기다가 할래!"

"고집부리지 말고!"

"코우타도 쓰고 싶으면 나 다음에 쓰면 되잖아!"

"남이 쓰고 난 양동이는 사양이거든?!"

"나도 싫은걸!"

자신이 먼저인가 타인이 먼저인가······.

닭이 먼저인가 달걀이 먼저인가······.

그 답은 영원히 도출되지 않을지도 모른다······.

그렇지만 정신 위생적으로 남이 쓰고 난 양동이에 볼일을 보는 건 역시 뭔가······ 좀······ 꺼려졌다.

나와 미즈키가 서로 한 발짝도 양보하지 않고 있으니 창고 밖 가까운 곳에서 덜커덕, 하고 뭔가 소리가 났다.

나와 미즈키는 양동이를 내던지고 셔터로 달려가 무섭게 두들 겨댔다.

"거기! 문 좀 열어줘! 사람 있어!"

"살려줘요! 제발! 살려주세요!"

직후에 푸드덕하고 날갯짓하며 창고 옆을 비둘기 한 마리가 날아오르는 모습이 보였다.

"비둘기……?"

"으으……. 말도 안 돼……. 우리의 마지막 희망이……."

트, 틀렸다……. 한순간이지만 살았다는 희망을 품은 탓에 방 광이 한계까지 와버렸다…….

어쩌지……. 역시 양동이에 싸버릴까…….

그런데 정말로 쌀 수 있을까……? 이 자리에는 미즈키도 있는 데……?

미즈키는 남장을 하고 있지만 엄연히 여자!

여자가 있는 앞에서 양동이에 볼일을 볼 수 있는 사람이 보통 있을까?

아니! 없다!

그, 그치만 부끄러운걸!

미즈키도 이성인 나를 의식하고 있는지 허벅지를 꼼지락대며 양동이와 나를 몇 번이나 번갈아 보았다.

"……이, 있잖아, 미즈키. 어쩔 거야? 정말로 양동이 쓸 거야?"

"어? ……그, 그게……. 저기…… 아, 맞다. 그럼 코우타부
터 써. 나는 구석에 가 있을 테니까."

끄으응…….

잘 생각해보니 나중에 하는 것보다 먼저 하는 편이 용기가 필
요한데…….

아무래도 미즈키도 그 사실을 깨달은 모양이다…….

하지만 이건 양보할 수 없다!

미즈키가 먼저 쓰게 해서 그런 분위기가 된 뒤에 느긋하게 볼
일을 보는 거다!

"어, 어……. 나부터? 으음……. 아니, 나는 아직 괜찮으니
미즈키가 먼저 써. 이미 한계잖아."

"……나, 나도 아직 참을 수 있어."

"참을 수 있기는! 안색이 안 좋다고. 한계 맞잖아?"

"코우타야말로 무리하지 말고! 자자! 남자는 이런 거에 저항
이 없잖아?"

"야야, 마치 자기는 남자가 아닌 것처럼 말하지 말라고~."

"어?! 아, 아하하. 아니, 그게~ 그런 의도로 말한 건 아닌데~."

무익한 대화를 주고받는 사이에도 타임리미트는 시시각각 다
가오고 있었다.

더, 더는 안 되겠다…….

이 이상은 진짜로…….

이미 서 있기도 힘들어져서 나도 모르게 그 자리에 무릎을 꿇
었다.

"제, 젠장…… 여기까지인가……."

포기하고 양동이로 손을 뻗은 순간 불현듯 보드라운 감촉이 손가락에 닿아서 고개를 퍼뜩 들어보니 미즈키도 이미 한계였는지 나와 마찬가지로 양동이로 손을 뻗고 있었고 내 손가락은 그런 미즈키의 손과 포개져 있었다.

"미, 미즈키…… 너 설마……."

미즈키는 포기한 것처럼 환한 웃음을 지었다.

"응……. 이제 이것 말고는 선택지가 없어……."

양동이를 쓰기로 결심한 우리에게 더 이상 망설임이란 없었다.

뭔가 공감대 같은 것이 느껴졌다.

"그, 그럼 미즈키부터 쓸래?"

"괜찮아? 코우타도 한계 아니야?"

"괜찮아……. 나는 아직 조금은 참을 수 있어……."

"코우타……."

"윽……. 빠, 빨리해! 오래는 못 참을 것 같으니까!"

"어, 어떻게 그래! 코우타도 이미 한계잖아!"

"……후후. 괘, 괜찮아. 나는 신경 쓰지 말고……."

"코우타……."

미즈키가 내 손을 덥석 잡았다.

"코우타를 내버려 두고 혼자만 할 수는 없어!"

"미즈키 너……."

그리고 미즈키는 글썽이는 눈으로 나를 보며 말했다.

"……함께, 하자."

"……함께, 라고?"

애는 뭔 소리를 하는 거지……?

"응. 양동이 위에 앉아서 서로 끌어안고 볼일을 보면 분명 둘이 동시에 해결할 수 있을 거야!"

상상해봤더니 끔찍한 구도잖아!

"아니, 아무리 그래도 그건 좀……."

"괜찮아! 둘 다 눈을 가리면 문제없어!"

"……미즈키는 강하구나."

"코우타가 있어서 강해질 수 있었어."

이 촌극은 뭐냐…….

그렇지만 이 이상 나도 미즈키도 촌극을 이어갈 여유는 없었다.

"조, 좋아! 그럼 하자, 미즈키!"

"응! 하자, 코우타!"

양동이 위에서 굳세게 악수한 순간 철커덕, 하고 어디선가 소리가 났다.

이어서 드르르륵, 하고 돌연히 셔터가 열렸다.

놀라서 나란히 그쪽을 보니 같은 반이자 양호위원인 이이다의 모습이 있었다.

나와 미즈키의 모습을 발견한 이이다는 치아를 보이며 웃었다.

"오! 둘 다 이런 데 있었구나! 그게, 너희가 교실에 돌아올 기색이 없길래 선생님에게 말해서 찾으러 돌아다녔어! 마스터키를 빌리길 잘했네. 뭐야? 갇혀있었어? 이상하네, 여긴 평소엔 안 잠그는데……. 그래도 이제 안심하라고. 이 이이다 님께서 와주셨으니——."

이이다의 말을 자르며 나와 미즈키는 창고에서 뛰쳐나갔다.

"고마워, 이이다! 인사는 나중에 할게!"

"이이다 군, 고마워!"

우리에게 밀쳐진 이이다는 "어, 어어……?" 하고 얼떨떨한 목소리를 내며 화장실을 향해 달려가는 나와 미즈키의 등을 멍하니 바라보았다.

좌아아.

체육관에 설치된 화장실에서 나와 복도에 서서 멍하니 있으니 뒤이어 미즈키도 나왔다.

서로 눈이 마주쳐서 "아……." 하고 어색하게 입을 떼니 조금 전 창고에서 있었던 일이 주마등처럼 떠올랐다.

어, 어색하구만…….

"《……끌어안고 양동이에 오줌을 싸려고 했었다니 나는 대체 무슨 생각을 한 거지.》"

그러게 말이다.

그대로 침묵이 흐르는 가운데 아마미야 선생님이 멀리서 잰걸음으로 돌아왔다.

"《어쩜 좋아, 어쩜 좋아! 생각보다 시간을 잡아먹었어요! ……응?! 두 사람이 왜 화장실 앞에서……? 어떻게 창고에서 나온 거죠……?》"

아마미야 선생님이 눈살을 찌푸리며 우리 곁으로 다가왔다.

"어……. 두 사람 다 이런 곳에서 뭐 하나요?"

얼굴도 두껍지…….

나는 아마미야 선생님을 쏘아보며 이때까지의 원한을 담아 처음부터 설명했다.

"실은 그게 말이죠! 저와 미즈키가 창고로 정리하러 갔는데 우연히 문이 잠겨버려서 지금까지 갇혀있느라 고생했어요! 게다가 저희 모두 화장실이 급한 나머지 미즈키도 저도 양동이에 볼일을 볼 수밖에 없다고 각오할 정도였거든요!"

그렇게 내뱉자 아마미야 선생님의 몸이 휘청였다.

"그, 그랬나요. 고생했네요……. 《이, 이럴 수가! 또 미즈키 아가씨께 폐를 끼치고 말았어요! 저번에 스토커로 오해받은 뒤로 그렇게 조심하려 했는데! 게, 게다가 미즈키 아가씨가 야, 야, 양동이에 볼일을 볼 각오를 할 정도로 궁지에 몰렸었다니!》"

아마미야 선생님이 그 자리에 주저앉는 것을 보고 나는 마무리를 짓듯이 미즈키에게 한 가지 질문을 했다.

"미즈키. 혹시 이번 일이 우연이 아니라 누군가가 고의로 일으킨 일이라고 한다면 어쩔래?"

"무슨 의미야?"

"그러니까 말이야. 누군가가 장난으로 셔터를 닫았다면 그 녀석을 어떻게 하고 싶냐는 거야."

내 질문에 아마미야 선생님은 깜짝 놀라서 간절한 시선으로 미즈키를 보았다.

그리고 미즈키는 담담히 무자비하게 말했다.

"그런 사람이 있다면 나는 절대로 용서하지 않을 거야. 절대로!"

특정한 누군가에게 하는 말이 아닌 미즈키의 한 마디에 아마미야 선생님은 안절부절못하며 눈물을 글썽였다.

"《아아! 제, 제가 미즈키 아가씨에게 무슨 짓을 한 거죠?! 하, 하지만 저도 이렇게 오랜 시간 동안 가둬둘 생각은 없었는걸요! 교무실로 호출을 받아서 어쩔 수 없이……. 아아! 미즈키 아가씨! 부디 용서해주세요!》"

뭐, 이만큼 못을 박아두면 아마미야 선생님도 이젠 섣부르게 바보 같은 짓은 안 하겠지.

그나저나 어찌 되었든…….

늦지 않게 나올 수 있어서 다행이다…….

나와 미즈키는 안도의 한숨을 내쉬며 화장실을 뒤로했다.

제3장 『오락실 데이트?』

　다음 날. 나는 오늘도 학교에 가기 전에 카구라네코 신사에 들렀다.

　아무리 스토커라도 사람이 많은 아침부터 행동을 일으키리라고 보기는 힘드니 아야노는 혼자라도 문제없을 것이다.

　새전함 위에는 축 늘어진 채 누워있는 네코히메 님이 있었다.

　새근새근 숨소리를 낼 때마다 평탄한 가슴이 위아래로 움직였다.

　저런 데서 자면서 등이 아프지는 않나……?

　때때로 쫑긋거리며 움직이는 귀가 신경 쓰여서 손가락으로 집어보니 새근거리던 네코히메 님이 "흐아옹……." 하고 소리를 냈다.

　이래도 안 일어난다…….

　새전 도둑을 찾는다고 한 건 어떻게 되었지?

　……그나저나 의외로 보드라운 게 촉감이 좋은 귀인걸…….

　"흐아아……. 흐아아……."

　꿈이라도 꾸고 있는지, 아니면 누가 귀를 만지는 게 익숙하지 않은 건지 네코히메 님이 괴상한 소리를 냈다.

흐음……. 잘 때만큼은 완전히 어린애 같구만.

평소에도 그렇게 오만방자한 태도가 아니었다면 조금은 귀염성이 있었을 텐데…….

귓구멍에 손가락을 쑥 넣어보니 움찔한 네코히메 님이 다리를 쭉 펴며 허공을 붙잡으려는 것처럼 양팔을 허우적댔다.

"흐아앙…… 흐아앙…….."

뺨이 붉어졌다. 귓구멍이 약점인가?

"흐앙?!"

갑자기 네코히메 님이 눈을 뜬 것에 놀라서 나는 귓구멍에 손가락을 집어넣은 채로 굳어버리고 말았다.

네코히메 님은 눈을 크게 뜬 채 잠시 경직되어 있었지만 금세 나를 매섭게 노려보았다.

"너…… 뭘 귓구멍에 손가락을 집어넣고 있는 게냐?"

"……안 집어넣었습니다만."

"아니, 현재진행형으로 집어넣고 있지 않으냐!"

"안 집어넣었다니까요!"

"웬 고집이냐! 아무튼 냉큼 손가락을 빼지 못하—— 흐앙?!"

귓구멍에 넣은 손가락을 움직이자 네코히메 님이 몸을 꼼지락대며 칠칠치 못하게 입을 벌렸다.

"으아앙?! 무, 무엇을 하는 게냐! 그만두지 못하겠느냐!"

"네코히메 님, 저번에 제 고민 상담을 무시하셨었죠? 알고 계세요? 제가 지금 고생하는 건 반절은 네코히메 님 탓이라고요."

"흐아앙. 그, 그러니까 그만두라고 하지 않느냐아."

"저번에도 선물을 가지고 왔는데 계속 거만하게 구시고⋯⋯. 신이 그래도 되는 겁니까?"

"⋯⋯흐아앙."

뭔가 네코히메 님이 힘 빠진 얼굴로 헤롱거리기 시작하길래 지나쳤나 싶어서 귓구멍에서 손가락을 뺐다.

"⋯⋯괜찮으세요?"

그렇게 물어보자 퍼뜩 정신을 차린 네코히메 님이 벌떡 일어나더니 양쪽 귀를 막으며 나를 노려보았다.

"이, 이 노옴! 내, 내, 내 귓구멍에 손가락을 집어넣다니 무슨 생각인 게냐!"

"아니, 그게⋯⋯ 잠들어 계신 걸 보니 뭔가 열이 뻗치길래⋯⋯ 저도 모르게 그만⋯⋯."

"뭐가 저도 모르게냐! 좀 더 나를 존경하지 못하겠느냐?!"

"존경⋯⋯."

"애, 애당초 말이다! 귀, 귓구멍은 대단히 중요한 부위란 말이다! 함부로 손가락을 집어넣지 말아라! 이 멍텅구리야!"

"죄송합니다⋯⋯."

"캬악!"

위협하고 계신다⋯⋯.

네코히메 님은 귀에 손가락을 넣은 게 어지간히 불쾌했는지 그날은 내 이야기도 듣지 않고 바로 모습을 감추고 말았다.

너무 지나쳤나⋯⋯.

아니, 그래도 상관없지.

좀 후련해졌으니까.

◇ ◇ ◇

방과 후. 돌아갈 채비를 끝내니 아야노가 어딘가 들뜬 기색으로 이쪽을 쳐다보고 있었다.

"《오늘도 코우와 함께 돌아가도 되는…… 거겠지? 어제는 아무 일도 없이 집에 도착해버렸는데 오늘은 좀 더 데이트다운 걸 해보고 싶어! 두근두근!》"

무진장 기대하고 있군…….

아니, 그냥 돌아가기만 할 건데…….

아야노가 그런 기대로 설레고 있다는 건 꿈에도 모른 채 앞자리에서 일어난 미즈키가 태평하게 말했다.

"그럼 오늘도 함께 돌아가자!"

아야노가 매서운 눈으로 미즈키를 쏘아보았다.

"《이익! 사이온지 군만 없었다면 코우와 단둘인데! ……일단은 나를 걱정해주는 거니까 무시할 수도 없고……. 으으으.》"

미즈키도 여자한테 꽤 인기가 있는데 말이지…….

1학년 때부터 몇 번이나 고백을 받았고…….

그런데 아야노는 전혀 관심이 없다고 할까…….

"그, 그럼 돌아갈까."

나는 이 기묘한 관계를 깨닫지 못한 척하며 함께 귀로에 올랐다.

◇ ◇ ◇

덜커덩덜커덩하고 흔들리는 전철 안. 나만 좌석에 앉은 채 손잡이를 잡은 두 사람을 올려다보고 있었다.

혼자만 앉아 있을 때는 왜 이렇게 미안한 마음이 드는 걸까…….

"──그랬더니 걔가 갑자기 우유를 뿜어서 말이야!"

"후후. 실제로 그러는 사람이 있구나."

"그치~?"

미즈키와 아야노는 대화 상대로는 꽤 마음이 맞는지 나를 내버려두고 뭔가 이야기꽃을 피우고 있었다.

소외감이 엄청난데……. 이런 기분은 오랜만인걸…….

고등학교에 들어와서 미즈키와 친구가 되기 전에는 곧잘 외톨이로 있었지…….

그렇지만 이대로 아무 일도 없으면 그건 그것대로 좋은 일이니까. 여기서는 내가 희생하는 게 해결법이다. 감수하자.

"앗?!"

그때 갑자기 아야노가 커다란 목소리를 내서 반사적으로 고개를 들었다.

"왜, 왜 그래?! 무슨 일이야?!"

설마 그 스토커인가?!

주위를 두리번거렸지만 승객 중에 그렇게 보이는 인물은 없었다.

아야노가 헛기침을 하며 말했다.

"아, 아무것도 아니야. 미안해. 《어, 어쩜 좋아! 근심 어린 코우의 얼굴이 너무너무 근사해서 소리를 내버렸어! 우으으! 부끄러워!》"

정서 불안이냐…….

진저리를 내면서도 스토커와 관련된 게 아니라는 것에 안도하고 있으니 갑자기 미즈키가 제안을 해왔다.

"있잖아! 지금부터 셋이서 어디 놀러 가고 싶은데——."

"어쩔 수 없네. 어울려줄게. 《와아~! 코우와 데이트다~!》"

미즈키가 말을 끝내기도 전에 대답한 아야노는 내 심정은 아랑곳하지도 않고 벌써 앞으로 할 일을 구상하기 시작했다.

……하지만 그건 역시 좀 불안한데.

"으음……. 아야노, 최근에도 아직 누군가가 지켜보는 듯한 시선을 느껴?"

"아니. 어제도 오늘도 그런 기척은 한 번도 없었어."

요컨대 셋이 있으면 안전하다는 건가?

아니면 그저 우연……?

안전을 고려한다면 바로 돌아가는 게 좋겠지만…… 으음…….

결론을 내리지 못하고 있으니 아야노가 태연하게 말했다.

"그리고 나는 그저 기다리기만 하는 건 성격에 맞지 않아. 일부러 빈틈을 보여서 스토커를 끌어내겠어."

"그건 위험하지 않아?"

"코우타가 너무 민감한 거야. 그렇게 걱정하기만 해도 사태는 호전되지 않는걸."

"그런가?"

여전히 아야노의 의견에 찬성하지 못하고 있으니 미즈키가 자신의 가슴을 탁 쳤다.

"뭐, 나도 있으니까 안심해도 돼! 수상한 사람이 보이면 가장 먼저 큰 목소리를 낼 테니까!"

"……드, 든든하네."

……뭐, 인기척이 적은 장소로 가지만 않으면 그리 쉽게 무슨 일이 일어나지는 않으려나.

나는 기대로 눈을 반짝이는 두 사람을 번갈아 보고 크게 한숨을 내쉬었다.

"하아……. 알았어, 알았어. 내가 졌어. 어디든 같이 가줄게. 그래도 사람이 많은 곳으로 하자."

"신난다~! 추천하고 싶은 데가 있거든!"

"뭐, 기분 전환은 필요하니까.《만세~! 에헤헤! 코우와 데이트다!》"

그렇게 우리는 도중에 전철을 내리게 되었다.

"사람이 많은 역에서 가깝고 재미있는 장소라면 역시 여기지!"

그렇게 말하며 미즈키가 자신만만하게 데리고 온 곳은 역 바로 옆에 있는 오락실이었다.

흔한 체인점 오락실인데 일반적인 게임기에서 크레인 게임까지 폭넓게 취급하고 있어서 학생에서부터 가족 단위 손님에까지 대인기였다.

거기에 이 오락실은 동네에서 가장 큰 역이 바로 옆에 있기도 해서 같은 빌딩 내에 다른 어뮤즈먼트 시설과 쇼핑 시설도 갖추고 있어서 한층 더 인기가 있었다.

자동문을 지나자 잘그락거리는 메달 게임의 소리가 들려왔다.

"오랜만인걸. 오락실은 어릴 때 이후로 처음 와봐."

미즈키의 눈이 동그래졌다.

"그래?"

"그럴 게 이런 곳은 혼자서 오기는 좀 그렇잖아. 옛날에는 가족과 함께 왔었어."

"어? 그냥 친구랑 오면—— 아! 미, 미안! 아무것도 아니야! 아하하!"

나에게 친구가 없는 것을 깨닫고 웃음으로 얼버무리지 마라.

상처받잖아…….

그런 우리 옆에서 아야노가 흥미로운 눈으로 가게 안을 바라보았다.

"왜? 뭔가 하고 싶은 게임이라도 찾았어?"

"하고 싶은 게임……? 게임……. 있잖아, 왜 다들 이런 곳에 모여서 게임을 하는 거야? 그런 건 집에서 하는 거 아니야?"

오락실의 존재의의를 근본적인 부분에서부터 부정하려 들지 말라고…….

"오락실은 그런 곳이야! 여기서밖에 하지 못하는 게임도 무지 많아!"

"하지만 저기 봐봐, 저 게임! 저거, 한 번에 200엔이라고 적혀 있는데?! '한 번'이 뭐야?! 가정용 게임을 사서 몇 번이고 플레이하면 되잖아! 어째서 매번 돈을 내야 하는 건데?! 사기 아니야?!"

"사기 아니거든! 오락실은 그런 곳이라고! ……그보다 아야노 이런 곳 처음이었던가? 어릴 때 함께 와본 적 없었나?"

"……나는 어릴 땐 의외로 아웃도어파였잖아. 매미 잡는 것도 좋아했고. 아마도 지금은 못 만지겠지만……."

그러고 보니 아야노에게 이끌려서 처음 보는 숲에 들어갔다가 나와 유나와 아야노 셋이서 조난될 뻔한 적이 있었던가…….

그때는 무서웠지만 이젠 두 번 다시 그런 경험을 할 일도 없다고 생각하니 지금 와서는 좋은 추억 같은걸.

아무튼 우리는 뭔가 재밌어 보이는 것을 찾아서 가게 안을 둘러보기로 했다.

아야노는 아직도 오락실에 불신감을 품고 있는지 마치 품평하는 듯한 눈으로 메달 게임을 빤히 바라보며 걸었다.

"코우타, 저거 봐봐, 저거! 저건 무슨 게임이야?"

"저건 타이밍 좋게 버튼을 눌러서 열심히 덩굴을 오르는 동물들을 연못에 빠트리는 게임이야."

"왜?! 불쌍하잖아!"

"큰 놈일수록 떨어트리는 게 힘들지만 보상도 커."

"그런 게 아니라! 왜 그런 짓을 하는 건데?! 연못에 빠트리는 게 뭐가 재밌는 거야?! 이거 애들도 하지 않아?! 학부모회에서 뭐라고 안 해?!"

"아니, 그런 게임이니까……."

"이 게임을 만든 사람은 동물 때문에 가족이라도 죽은 걸까……. 그렇게 생각하면 조금은 납득이 되는데……."

그걸로 납득이 되는 거냐…….

아야노는 머뭇거리는 기색으로 이번에는 중앙에 설치된 한층 더 커다란 게임기를 가리켰다.

"그럼 저건 뭐야? 사람들이 둥글게 앉아서 가진 메달을 넣는 것처럼 보이는데……."

"저건 코인 드랍 게임이야. 앞뒤로 움직이는 막대의 타이밍에 맞춰서 메달을 투입해 중간에 있는 고리 안에 메달을 넣는 거야."

"그래……? 그런 거라면 괜찮을 것 같네. 그런데 정면에 달린 액정화면은 뭐야?"

"고리 안에 메달이 들어가면 액정 안에서 슬롯이 돌기 시작해. 그리고 화면에 뜬 동물을 사냥꾼이 포획하면 더 많은 코인을 얻을 수 있어."

"또 동물이야?! 왜 이래?! 왜 또 동물이 그런 비참한 꼴을 당하는 거야?!"

"그, 그거야 나도 모르지……."

"으으……. 학부모회 여러분 여기에요……."

학부모회를 부르지 마라.

그런 아야노를 보며 미즈키가 쓴웃음을 지었다.

"여기 있는 메달 게임은 유메미가사키 양에게는 맞지 않은가 봐."

"내가 이상한가……? 아니야, 그럴 리가 없어. 잘못된 건 세상 쪽이야……."

이야기를 크게 만들지 마라.

미즈키가 안쪽에 있는 엘리베이터를 가리켰다.

"다른 데 가서 몸이라도 움직여보지 않을래?"

"몸을……?"

◇ ◇ ◇

미즈키에게 이끌려서 우리는 오락실 위층에 있는 어뮤즈먼트 시설에 발을 들였다.

이곳에는 볼링, 탁구, 농구, 배팅센터 등, 몸을 움직이기에 안성맞춤인 시설이 잔뜩 모여있었다.

오늘은 운 좋게 대기 시간도 없는 듯해서 우리는 이용권을 사서 우선 볼링 에어리어로 갔다.

아야노가 어딘가 여유로워 보이는 표정으로 말했다.

"후후후. 볼링은 오랜만에 해봐."

"뭐야, 아야노. 오락실은 처음이면서 볼링은 할 줄 알아?"

"당연하지. 나는 볼링만큼은 자신이 있어. 어릴 때는 몇 번이나 스트라이크를 냈는걸."

"그래? 그건 몰랐네."

상단에 달린 표시판에 따르면 나, 미즈키, 아야노 순이었다.

"좋아. 우선 나부터인가."

볼링공을 들고 레인으로 향하는 중에 아야노가 자리에서 벗어나 어딘가로 향하는 모습이 얼핏 보였다.

뭐지? 어디 가는 거야?

"코우타, 파이팅~."

미즈키의 성원에 다시 레인에 집중했다.

"좋아! 보고만 있으라고!"

그렇게 말하며 전력으로 공을 굴렸지만 두 번 모두 볼링핀의 중심에서 약간 벗어나 합계 일곱 개라는 초라한 기록을 세웠다.

"으음……. 미묘……."

자리로 돌아와서 주위를 둘러보았지만 아야노는 아직 돌아오지 않은 모양이었다.

"아야노는 어디 갔어?"

"저기 있어. 접수대에서 뭔가 이야기 중이야."

미즈키가 가리킨 곳을 보니 말한 대로 아야노가 점원과 뭔가 이야기를 나누고 있었다.

그다지 혼자 다니지는 않았으면 하지만 이만큼 가까우면 문제는 없겠지.

"좋아! 다음은 내 차례야! 잘 봐, 코우타!"

"오~. 파이팅~."

그렇게 레인에 선 미즈키는 1회째에 볼링핀을 아홉 개 쓰러트린 뒤에 2회째에 깔끔하게 스페어를 처리했다.

"와~! 코우타, 봤어?"

"잘하네. 미즈키는 은근히 운동 신경이 좋단 말이야."

"에헤헤~. 대단하지?!"

미즈키가 자랑스럽게 가슴을 펴고 있으니 "어머? 벌써 던져 버렸어?" 하고 아야노의 목소리가 끼어들었다.

"아야노, 너 뭐 하고 온——?!"

뒤에 있는 아야노를 돌아본 순간 나도 모르게 말을 삼키고 말았다.

왜냐하면 아야노의 팔에는 어린이용 볼링 미끄럼틀이 안겨 있었기 때문이다.

"아야노……. 너……. 그건 왜……?"

"왜냐니, 빌려온 거야. 볼링을 하려면 이게 있어야 하잖아."

"아니, 너……. 그거 어린이용인데?"

"어린이용? 아하하. 무슨 말이야, 코우타. 이거 없이 어떻게 공을 볼링핀까지 굴려."

던져서 굴린다고!

"야……. 다른 사람 좀 봐 봐. 그거 써서 공을 굴리는 어른이 있어?"

"어머? 듣고 보니……. 이곳 사람들은 다들 볼링이 뭔지 모르나 봐?"

"그건 너고! 그 어린이용 미끄럼틀은 어른이라면 보통 안 쓴다고! 뭐, 공이 너무 무거워서 못 던진다면 상관없겠지만…….”

아야노는 잠시 생각하는 것처럼 주변 사람들과 어린이용 볼링 미끄럼틀을 번갈아 본 뒤에 납득한 것처럼 고개를 주억거렸다.

“정했어. 역시 난 이걸 쓸래.”

“뭐가 널 그렇게 만든 거냐……. 뭐, 됐으니까 열심히 해 봐. 응원할 테니까.”

“응. 스트라이크를 쳐줄게.”

어린이용 볼링 미끄럼틀을 끌어안고 레인으로 향하는 아야노의 뒷모습은 어째서인지 반대로 폼이 나 보였다.

아야노는 신중하게 미끄럼틀의 방향을 조정하면서 당연하다는 듯이 나와 미즈키를 향해 이렇게 말했다.

“둘 다 뭐 해.”

“어? 왜?”

“미끄럼틀로 공을 굴릴 때 잡는 사람이 없으면 굴리는 기세에 미끄럼틀이 움직이잖아. 그걸 방지해야 하니까 두 사람도 꽉 잡고 있어 줘.”

아니, 그런 볼링 미끄럼틀 상식은 모르거든요…….

아야노의 진지한 표정에 압도된 나와 미즈키는 마지못해서 미끄럼틀로 다가가 양쪽에서 체중을 실으며 붙잡았다.

“이거면 돼?”

“잠깐만. 각도가 미묘하게 움직였어. 사이온지 군 쪽으로 3센티미터 움직여 줘.”

“……이렇게?”

"너무 갔잖아. 코우타 쪽으로 1센티미터 돌려놔."

꼼꼼하시구만…….

"이거면 되지?"

"오케이. 완벽해."

아야노는 만족했는지 공을 가져와서는 신중하게 미끄럼틀 위에서 굴렸다.

공은 완만한 속도로 데굴데굴 굴렀지만 도중에 느려지는 일 없이 그대로 볼링핀까지 도달해서 깔끔하게 스트라이크를 따냈다.

"오오! 대단한데! 진짜로 스트라이크잖아?!"

"분명히 중간에 멈출 줄 알았는데!"

아야노가 자랑스럽게 가슴을 폈다.

"이게 내 실력이야."

그리고 그렇게 말하며 머리카락을 쓸어올렸다.

어린이용 볼링 미끄럼틀을 써놓고 이렇게 의기양양하다니 대단한데!

……그나저나 정말로 좀 재밌었는데. 나도 다음에 써볼까.

그런 이야기를 나누고 있으니 세 레인 건너편에서 환호성이 일어서 무슨 일인가 싶어 우리는 그쪽으로 시선을 보냈다.

그러자 수많은 관중이 지켜보는 가운데서 당당히 팔을 번쩍 들고 있는 유나의 모습이 있었다.

유나의 친구로 보이는 여중생들이 흥분한 것처럼 말했다.

"유나 대단해! 또 퍼펙트야!"

"왜 그렇게 잘해?!"

"프로 해도 될 것 같아!"

……재는 뭐 하는 거지.

수험 공부나 해라, 중3아.

아야노도 유나를 깨달은 모양이었다.

"아, 유나다. 잠시 인사하러——."

그렇게 말하며 자리에서 일어나려고 하는 아야노의 어깨에 살며시 손을 얹었다.

"기다려, 아야노. 지금은 안 돼."

"안 돼? 뭐가?"

"……지금 내가 저 녀석의 오빠라는 게 알려지면 비교되어서 내가 바보 취급당할 거야."

"아……. 그러네……."

그러네, 하고 납득하지 마!

조금은 부정하라고!

그 뒤로 유나에게 들키지 않게 몰래 볼링을 끝낸 우리는 그대로 아래층으로 내려갔다.

빌딩의 2층도 1층과 마찬가지로 오락실이기는 했지만 1층처럼 메달 게임이 아니라 크레인 게임만 설치되어 있었다.

미즈키가 흥분한 기색으로 크레인 게임의 유리에 양손을 대고 안을 들여다보았다.

"와! 크레인 게임은 오랜만에 해 봐!"

"미즈키, 크레인 게임 좋아해?"

"응! 엄청 좋아해!"

어? 그 웃는 얼굴 무진장 귀엽다만…….

만약 고백받아서 죽을 거라면 그런 웃는 얼굴로 고백받고 싶은데…….

미즈키의 귀여움에 넋을 놓고 있으니 아야노가 또 눈살을 찌푸렸다.

"잠시만. 이 경품, 잡화점에서 삼백 엔에 팔아. 그냥 거기 가서 사는 게 싸지 않아?"

"꿈이 없는 소리 하지 말고."

"왜? 크레인 게임은 이 안에 있는 경품이 가지고 싶어서 하는 거잖아. 그럴 거면 그냥 사는 게 나을 텐데."

"그런 게 아니라고……. 알겠냐. 크레인 게임이란 그저 상품이 가지고 싶어서 하는 게 아니야. 거기까지의 과정이 중요하다고."

"과정?"

"그래, 과정. 크레인을 조작하는 손가락에 온 신경을 집중해서 가지고 싶은 경품을 손에 넣는 거지. 그건 그저 경품을 사는 것과는 다르다고."

"……잘 모르겠어."

"뭐, 해보면 알아."

"그래? 그럼……."

아야노는 괜찮은 경품을 찾아서 정렬되어있는 크레인 게임 사이를 돌아다녔다.

이윽고 "이걸로 할래." 하고 한 크레인 게임 앞에서 걸음을 멈췄다.

보니까 다양한 색상의 곰 인형이 수북이 쌓여있었다.

"인형 뽑기인가. 뭐, 이거라면 아야노도 딸 수 있겠네."

"그 말투는 뭐야. 보고만 있어. 내가 여유롭게 한 번에 따줄 테니까."

백 엔 동전을 넣자 내부 라이트가 깜빡였다.

아야노는 조작 방법을 확인하고 나서 조심스럽게 버튼을 눌러 크레인을 조작했다.

소리를 내며 흔들리는 크레인이 다른 것보다 튀어나와 있는 곰 인형을 향해 천천히 내려갔다.

하지만 크레인의 집게는 곰의 머리를 살짝 건들기만 했을 뿐이었다.

"어?! 왜?! 위치는 완벽했는데!"

"노린 인형이 안 좋았네."

"노린 인형이? 왜? 머리가 나와 있어서 잡기 쉬워 보였잖아."

"집게 힘에는 한계가 있거든. 방금 아야노가 노린 곰 인형은 머리는 나와 있어도 몸은 전부 파묻혀 있었지? 저래서는 들어

올리지 못해."

"……그렇구나. 그렇다면 다음은 안쪽에 홀로 엎어져 있는 곰을 노리겠어. 저거라면 위에 다른 인형이 누르고 있지도 않으니 노리기 쉽겠지?"

"뭐, 그렇겠네. 그래도 집게로 중심을 단단히 집지 못하면 들어 올리지 못할 거야."

"내 실력 몰라?"

너 크레인 게임은 고사하고 오락실도 처음이잖아…….

그 자신감은 어디서 나오는 거냐…….

하지만 아야노의 자신감과는 별개로 곰의 몸체는 집게에서 쑥 빠져나가 버려서 인형을 들어 올리지도 못했다.

"왜 이래?!"

"……내가 대신 해줄까?"

"……후. 동정은 필요 없어. 이렇게 된 거 오기로라도 따줄 테니까."

그렇게 말한 뒤로 10분가량 실패가 이어졌다. 아야노는 지갑에서 세 번째로 천 엔 지폐를 꺼내서는 미즈키에게 내밀었다.

"사이온지 군! 환전 부탁할게!"

"유, 유메미가사키 양! 이제 그만 하는 편이…….'"

"말리지 마! 여기서 그만두면 지금까지의 노력이 헛수고가 된단 말이야!"

얘한테는 절대로 도박을 시키지 말자…….

아야노가 내민 천 엔을 빼앗아서 억지로 아야노의 지갑에 도로 넣었다.

"왜 그래?! 내 싸움은 아직 안 끝났어! 나는 아직 지지 않았는 걸!"

"그쯤 해. 이 정도는 내가 따줄 테니까."

"흥! 코우타가 뭘 할 줄 안다고 그래?! 크레인 게임을 너무 얕보지 말아 줄래?!"

네가 할 소리냐······.

나는 자신의 지갑에서 꺼낸 백 엔 동전 하나를 게임기에 넣고 버튼을 눌러서 집게를 조작해 아야노가 조금 전까지 노리던 위치에서 약간 떨어진 장소에 떨어트렸다.

그 모습을 보고 아야노가 황당하다는 듯이 코웃음을 쳤다.

"어머. 전혀 엉뚱한 곳에 떨어트렸잖아."

"뭐, 보고나 있어."

"······?"

고개를 갸웃거린 아야노는 다음 순간 집게 끝에 곰이 매달려 있는 것을 보고 눈이 휘둥그레졌다.

"마, 말도 안 돼! 왜 저래?! 대체 어떻게── 앗! 상품 택?! 집게가 택 고리에 걸려있어!"

덜커덩, 하고 구멍에 떨어진 곰 인형을 아야노에게 건넨다.

"받아."

인형을 건네받은 아야노는 멍하니 입을 벌리고 있었지만 이윽고 작게 중얼거렸다.

"············."

"응?"

"……."

"……?"

이어서 아야노의 입꼬리가 슬쩍 올라갔다.

"뭐, 코우타치고는 꽤 하네. 칭찬해줄게. 《대단해! 대단해대단해대단해! 방금 택에 걸려있었어! 빈틈없이! 대단해대단해! 코우는 천재인가 봐! 멋져~! 지금 당장 혼인신고서 내러 가고 싶어!》"

"어, 어어……. 그거 고맙네……."

기뻐 보이니 다행이네…….

저렇게 기뻐해 주니 따준 보람이 있었다.

아야노는 내가 건넨 인형을 빤히 바라보았다.

"《어라? 혹시 이거 코우의 선물인가?! 신난다! 평생의 보물이잖아! 앗! 뭔가 희미하게 코우의 냄새가 나! 정했어! 오늘부터 이 인형과 함께 자야지!》"

아니, 그렇게 기뻐할 일은 아니지 않나…….

그보다 내 냄새는 안 날 텐데…….

과하게 기뻐하는 아야노에게 혀를 내두르다가 옆에 있는 미즈키를 보았다.

"미즈키. 너는 뭔가 가지고 싶은 거 없어? 뭐하면 내가 따줄 수도 있는데."

그렇게 말해봤지만 미즈키는 옆에 있는 크레인 게임을 바라보느라 내 말이 들리지 않은 모양이었다.

"미즈키?"

"……어? 아, 미안! 뭐랬어?"

"뭐 보길래 그래. 뭔가 가지고 싶은 거라도 있어? 내가 따줄게."

"그, 그게…….."

미즈키는 조금 전까지 바라보고 있던 크레인 게임을 다시 슬쩍 봤지만 금세 아무것도 아니라는 것처럼 웃어 보였다.

"아니야. 난 괜찮아!"

"그래? 괜찮다면야 뭐…….."

미즈키가 벽에 걸린 시계를 가리켰다.

"그보다 오늘은 이만 돌아갈까? 너무 늦어지면 혼날 테니."

"그러게……. 그럼 먼저 내려가서 기다려줄래?"

"응? 아직 뭔가 볼일이 있어? 그럼 같이 가자."

"별일 아니니까 먼저 가 있어."

여느 때처럼 귀엽게 고개를 갸우뚱한 미즈키와 아야노를 내려보낸 나는 다시 크레인 게임 쪽을 돌아보았다.

1층으로 내려가니 두 사람은 출입구 근처의 벤치에 앉아 있었다.

내가 준 인형을 빤히 바라보다가 기뻐하는 모습을 들키지 않게 필사적으로 입가에 힘을 주는 아야노.

그와 반대로 미즈키는 어딘가 쓸쓸해 보이는 표정을 짓고 있었다.

"미안. 기다렸지?"

멍하니 있던 미즈키가 바로 웃으며 이쪽을 보았다.

"아니야. 괜찮아. 그보다도 혼자 뭐 했어?"

"크레인 게임을 좀 더 하고 싶어졌거든. 그래서 이걸 땄는데 나는 안 쓰니까 미즈키에게 줄게."

그렇게 말하며 나는 네잎 클로버의 자수가 수놓아진 포셰트 백을 미즈키에게 건넸다.

미즈키가 깜짝 놀란 듯한 표정으로 이쪽을 바라보았다.

"코우타, 이거…… 《내가 가지고 싶어 했던 포셰트 백이야……. 하지만 남자인 척하고 있는 내가 이런 걸 가지고 싶어 하면 이상하게 보일까 봐 잠자코 있었는데……. 혹시 코우타는 내가 이걸 가지고 싶어 한다는 걸 알고…….》"

물론 속마음이 들리는 나는 미즈키가 이 경품을 가지고 싶어 한다는 건 바로 알 수 있었다.

하지만 그 자리에서 따주겠다고 하면 미즈키는 남자인 척하느라 무리해서 거절했겠지. 그래서 몰래 따서 가지고 온 것이다.

"뭐, 우연히 눈에 띄길래. 유나 취향도 아니니까 미안한데 가지지 않을래?"

미즈키에게는 평소에도 신세를 지고 있으니까.

이럴 때만큼은 은혜를 갚지 않으면 벌이 내릴 것이다.

미즈키는 내가 건넨 포셰트 백을 빤히 바라보다가 쑥스러워하면서도 환한 웃는 얼굴로 이쪽을 올려다보았다.

"고마워, 코우타! 잘 간직할게!"

"그려."

그런 우리 옆에서 아야노는 아직도 내가 준 곰 인형을 바라보고 있었다.

《좋아! 이 애의 이름은 아야노의 '아야'와 코우의 '코우'를 따서 '아야코우'로 정하자. 우후후. 앞으로 잘 부탁해, 아야코우.》

또 멋대로 남의 이름을 가져다 쓰는 거냐…….

우타니 타케코라는 필명도 그렇게 안이하게 생각했겠지…….

《아아! 아야코우에게서 코우의 냄새가 나! 킁카킁카!》

칠칠치 못하게…….

◇ ◇ ◇

이후 오락실을 뒤로한 우리는 다시 역으로 돌아왔다.

"재밌었어~. 또 셋이서 놀자!"

만족한 것처럼 미즈키가 말했다.

처음에는 불안했지만 의외로 즐거웠다.

"그러게. 다음에는 셋이서 노래방이라도 갈까."

"아하하! 코우타는 노래방 정말 좋아하는구나!"

그때 아야노가 "아." 하고 목소리를 내며 가방을 뒤적거리기 시작했다.

무슨 일인가 싶어서 지켜봤더니 가방 밖으로 나온 아야노의 손에는 '해안선에서 너를 그릴 때'가 한 권 쥐여 있었다.

아야노는 꺼낸 그 책을 "받아." 하고 어딘가 멋쩍어하는 기색으로 미즈키에게 건넸다.

"약속했었잖아. 우타니 타케코의 사인 책."

미즈키는 흥분한 것처럼 눈을 번쩍 떴다.

"우타니 선생님의 사인 책! 정말로 받아도 돼?!"

"괜찮아. 어차피 남으니까."

"고마워! 잘 간직할게!"

"그, 그래…….《내가 쓴 사인이라고는 말 못 하겠는걸…….》"

그런 대화가 이어지는 가운데 돌연히 내 귀에 어떤 목소리가 들려왔다.

"《유메미가사키 아야노! 어째서 저런 여자가!》"

키잉, 하고 이명이 들릴 정도로 커다란 마음속 목소리.

아야노에게 대놓고 적의를 드러내고 있는 젊은 여자의 속마음이었다.

틀림없어! 그 녀석이다!

바로 주위를 둘러보았지만 역에는 사람이 많아서 목소리의 주인을 특정할 수 없었다.

"코우타? 왜 그래?"

내가 주위를 경계하고 있는 걸 깨달았는지 아야노가 의아한 표정으로 이쪽을 바라보았다.

하지만 지금은 아야노에게 설명할 여유가 없었다.

나는 목소리가 들린 쪽으로 한 걸음 내디디며 들려오는 속마음을 자세히 듣기 위해 청각에 모든 신경을 집중했다.

"《하아……. 오늘도 지쳤어.》""《오늘은 카레라도 만들까.》""《아, 핸드폰을 회사에 두고 왔어……. 최악이야…….》""《졸려…….》""《사람이 많네.》"

젠장! 안 되겠어! 그 목소리는──.

"《이거라도 먹어라!》"

한층 커다란 그 목소리가 들린 방향에서 포물선을 그리며 무언가가 이쪽으로 날아들었다.

"위험해!"

미즈키와 아야노가 있는 쪽으로 날아든 그 물체를 황급히 손으로 쳐내자 덜그럭하고 큰 소리를 내며 무언가가 지면에 쏟아졌다.

아야노가 당황한 기색으로 이쪽으로 달려왔다.

"괜찮아?! 방금 뭔가 날아든 것 같았는데……."

뒤를 따라 다가온 미즈키도 지면에 쏟아진 물체를 내려다보았다.

"이거……. 필통? 왜 이런 게……."

보니까 날아든 물체는 미즈키가 말한 대로 필통이었던 모양으로 내가 바닥에 쳐낸 탓에 펜과 지우개가 한쪽에 흩어져 있었다.

황급히 필통이 날아든 쪽으로 시선을 보내자 인파 속에서 달려서 멀어지는 사람의 모습이 얼핏 시야에 들어왔다.

그 뒷모습은 우리와 마찬가지로 미네부치 고등학교의 교복을 입은 여학생이 틀림없었다.

설마 스토커는 우리와 같은 학교의 학생인 건가……?

그렇다면 학교 밖보다도 학교 안이 더 위험할지도 모르겠는데…….

아야노와 미즈키는 나뉘어서 쏟아진 필통의 내용물을 주워 모은 뒤에 불안한 표정으로 이쪽을 보았다.

"코, 코우타. 이거 그 스토커 짓이겠지……?"

"……그렇겠지."

던진 게 필통이 아니라 돌이었다면…….

아야노가 만약 그걸 맞았다면…….

자연스럽게 머릿속에 떠오르는 안 좋은 상상에 우리는 서로의 얼굴을 보았다.

되도록 태연한 태도로 아야노에게 말했다.

"그렇게 걱정스러운 표정 짓지 마. 방금도 지켜줬잖아."

"하지만……."

"걱정하지 마! 내가 스토커도 바로 붙잡아줄 테니까!"

아야노는 내 말에 안도했는지 표정을 조금 풀었다.

"응……. 고마워, 코우타."

"그래그래."

범인은 십중팔구 학교 관계자다…….

그 사실을 말할지 말지 고민했지만 결국 나는 이 자리에선 결정을 내리지 못했다.

제4장 『스토커와 양자택일』

　다음 날. 주말이기도 해서 나는 낮부터 카구라네코 신사를 찾았다.

　경내에 발을 들이자마자 뱌쿠야가 발톱을 세우고 내 몸을 타고 올라왔다.

　"안녕, 뱌쿠야. 오늘도 기운 넘치네."

　"야옹!"

　"새전 도둑은 잡았고?"

　"야옹……."

　뱌쿠야의 울음소리로 보아 아무래도 조사의 진척은 순조롭지 않은 모양이었다.

　뱌쿠야가 애교부리듯이 내 손가락을 잘근잘근 깨물고 있으니 배전에서 피곤한 기색의 네코히메 님이 어깨를 빙빙 돌리며 모습을 드러냈다.

　"이봐라, 뱌쿠야. 허리 좀 밟아다오. 지도를 들여다보느라 허리가 아파 죽겠구나."

　"네코히메 님……. 뱌쿠야에게 마사지까지 시키고 계세요?"

　"으음? 뭐냐, 코우타. 왔었느냐. ……그래서 선물은 어디 있느냐?"

"오늘은 없어요. 그보다도 뱌쿠야를 너무 부려 먹지 마세요. 불쌍하잖아요."

"뱌쿠야를 평범한 고양이와 똑같이 취급하지 말아라. 고 녀석은 생긴 건 평범한 고양이라도 엄연한 신의 사자이니라. 좀 험하게 다룬다고 삐지는 않아."

자기는 신인 주제에 요통을 호소하면서…….

"그렇게 부려 먹기만 하니까 뱌쿠야가 네코히메 님이 아니라 저를 더 좋아하는 것 아닌가요."

"뭐라?! 뱌쿠야, 그게 참이냐?! 너는 나보다도 코우타를 더 좋아하는 게냐?!"

네코히메 님의 물음에 뱌쿠야는 참으로 곤란한 표정을 지으며 꺼질듯한 목소리로 "야옹……." 하고 울었다.

네코히메 님은 흥, 하고 자랑스럽게 가슴을 폈다.

"봐라! 나를 더 좋아한다고 하지 않느냐!"

뱌쿠야가 뭐라고 했는지는 모르겠지만 무진장 배려하고 있다는 것만큼은 전해져 오는데…….

얘도 고생이구만…….

네코히메 님은 나에게서 뱌쿠야를 낚아채 가더니 난폭하게 머리를 쓰다듬었다.

힘내라, 뱌쿠야…….

"……그, 그건 그렇고 네코히메 님. 아까 지도가 어떻고 하셨는데 뭔가 하고 계세요? 혹시 저번에 제가 상담한 고민을——."

"아니. 새전 도둑이 사는 곳을 특정하려고 애쓰는 중이다."

"아…… 그러세요……."

"이미 놈을 잡기 직전까지 왔으니 걱정할 것 없다."

아니, 그쪽은 별로 걱정 안 하는데요…….

"조금 전에 지도가 어떻고 하셨던 건 그 일이었군요……."

"그래. 이쪽 용무가 끝나는 대로 네가 말한 여자도 찾아봐 주마."

내 용건은 부차적이라는 건가…….

좀 어이없어하고 있으니 네코히메 님에게 안겨 있던 뱌쿠야가 야옹야옹하고 뭔가 다급하게 울음소리를 냈다.

네코히메 님이 그 울음소리에 "음?" 하고 고개를 갸웃거렸다.

"무슨 일이냐, 뱌쿠야."

"야옹야옹!"

"흠흠……."

"야옹야옹! 야옹!"

"으으음……?"

"야옹야옹야옹! 야옹야옹!"

"오오! 맞다, 그랬었지!"

그리고 나를 내버려 둔 채 네코히메 님은 이해한 것처럼 대답했다.

"무슨 일 있나요? 뱌쿠야가 뭐라고 했는데요?"

"그게 말이다. 너를 수정구로 감시한다고 했던 적이 있지 않았으냐. 감쪽같이 잊고 있었다만 그 수정구에는 녹화기능이 있었지 뭐냐! 와하하! 이런 일이 다 있구나!"

그거 대단히 중요한 문제 아닙니까…….

"바쿠야야. 수정구를 가지고 오너라."

"야옹!"

네코히메 님의 지시에 뱌쿠야가 신나서 배전 안으로 뛰어들어가더니 잠시 뒤에 경내로 돌아왔다.

두 앞발을 요령 좋게 써서 수정구를 데굴데굴 굴리고 있다.

재주도 좋네…….

이것만으로도 돈을 벌 수 있을 것 같지만 네코히메 님에게 말하면 뱌쿠야가 혹사당할 것 같으니 잠자코 있자…….

"야옹!"

"그래. 수고했다, 뱌쿠야."

네코히메 님은 뱌쿠야가 굴려서 가져온 수정구를 집어 들더니 내 눈앞에 내밀었다.

"그래서 네가 말한 녀석의 기척을 느낀 건 언제였느냐?"

"그게……. 첫 번째는 며칠 전 영화관에서였고…… 두 번째는 어제 역에서였네요."

"흠. 그럼 그날까지 녹화를 돌려보마."

수정구 안에 내가 경내에서 수정구를 보고 있는 현재의 모습이 떠올랐다.

대각선 위쪽에서 촬영되고 있는 듯한 앵글에 놀라서 올려다보았지만 거기엔 아무것도 없었다.

영상이 끼리릭, 하고 마치 DVD의 되감기 기능처럼 풍경을 거슬러 오르더니 정지했다.

네코히메 님이 의심스러운 눈길로 수정구를 보았지만 거기에 비친 건 침대 위에서 잠들어 있는 내 모습뿐이었다.

"네코히메 님? 왜 이런 데서 멈추신 거예요?"

"잠깐 있어봐라……. 이건…… 으으음……?"

네코히메 님의 말에 하는 수 없이 영상을 바라보고 있으니 내가 잠들어 있는 침대 맞은편의 방문이 끼익하고 소리를 내며 열렸다.

"뭐지……? 누가 들어오나……?"

무슨 일인가 싶어서 유심히 보고 있으니 방 안에 들어온 건 놀랍게도 파자마 차림의 아야노였다.

"엥……. 아니……."

아야노는 내가 잠들어 있는 것을 확인하고는 이불 안으로 기어들어 오는 일도 없이 그저 옆에 서서 홀린 듯한 시선으로 나를 보고만 있었다.

"호러냐고!"

그렇게 잠시 뒤에 만족했는지 아야노는 잠든 나에게 들키는 일 없이 그대로 방을 뒤로했다.

네코히메 님이 으음, 하고 신음 소리를 냈다.

"아무래도 스토커를 찾은 모양이구나……."

"아니에요! 이게 아니야!"

"이건 그냥 내버려 둬도 되는 게냐? 그 스토커가 뭐가 다른지 모르겠구나."

끄으응……. 자신 있게 반박할 수 없어서 답답하다…….

이런 늦은 밤에 유나가 일어나 있었을 것 같지도 않고…….

보조 열쇠인가? 보조 열쇠로 집에 들어왔나?

"아, 아무튼 이건 아니에요! 좀 더 앞으로 돌려주세요!"

"으음……. 뭐, 코우타가 괜찮다면 문제는 없겠지만……. 무슨 일 있으면 바로 나에게 상담하거라."

설마 네코히메 님이 동정 어린 눈으로 보는 날이 올 줄이야…….

다시 끼리릭, 하고 풍경이 돌아가더니 어제 역에서 필통이 날아든 장면에 도달했다.

던진 순간은 찍히지 않았지만 앵글이 바뀌며 범인으로 보이는 여자가 도망치는 뒷모습은 찍혀 있었다.

역시 어제 봤던 대로 우리와 같은 미네부치 고등학교의 교복이었고 얼핏 보인 리본 색으로 봐서 같은 학년이라는 것을 알 수 있었다.

두 갈래로 땋아 녹색 리본으로 묶은 새카만 검은 머리카락이 발을 내디딜 때마다 살랑살랑 흔들렸다.

역시 본 적 없는 애 같은데…….

1학년 때도 다른 반이었다는 건가…….

그렇지만 최근에는 머리카락을 두 갈래로 땋은 애가 적으니 다음에 학교에 갔을 때 살펴보면 찾을 수 있을지도 모르겠는데…….

또다시 영상이 시간을 거슬러 올라서 여자 목소리를 처음 들었던 영화관까지 돌아오자 아까 비친 땋은 머리의 여자애가 아야노 쪽을 뚫어지도록 노려보고 있는 모습이 보였다.

이번에는 거의 정면에서 찍힌 영상이어서 커다란 검은 테 안경을 쓰고 있는 걸 알 수 있었다.

틀림없다. 이 애가 아야노의 스토커다.

그렇다는 건 역시 원인은 그 사인회인가…….

아니면 학교에서 뭔가 있었나……?

"네코히메 님, 사인회 날까지 영상을 돌려주시겠어요?"

"무리다. 이 수정구의 영상은 오래된 데이터를 새로운 데이터가 덮어쓰게 되어 있거든. 사인회가 있었던 건 좀 지난 일 아니더냐?"

자동차 블랙박스냐고…….

그래도 상대의 얼굴은 알아냈다.

이걸로 해결할 수 있을지도 모른다.

"감사합니다, 네코히메 님. 이걸로 어떻게든 될 것 같아요."

"흠. 아무래도 너도 나의 위대함을 깨닫기 시작한 모양이구나."

"아, 아하하…….."

"그 어색한 표정은 뭐냐. ……흐음, 그렇군. 나는 잘 모르겠다만 역시 인간이란 스트레스에 매우 약한 모양이구나."

"예……?"

"에이잇! 눈치 없긴! 코우타가 그 정도로 스트레스를 받고 있다면 내 머리를 빌려줄 수도 있단 말이다!"

"머, 머리요……?"

"사양할 것 없다! 자! 쓰다듬거라!"

"아뇨, 그게……."

"전에도 말하지 않았느냐! 내 머리에는 치유 효과가 있다고!"

"길고양이를 쓰다듬는 거랑 똑같다고도 하지 않으셨던가요……."

"자자! 냉큼 쓰다듬거라! 나는 이 동네에서 제일 복슬복슬하니까!"

머리를 들이대는 네코히메 님의 기세에 밀려서 나는 머뭇거리며 손을 뻗었다.

쫑긋 서 있는 두 귀 사이에 손바닥을 얹자 확실히 복슬복슬한 보드라움이 느껴졌다.

흐음…… 이건 꽤…….

머리를 쓰담쓰담하고 있으니 네코히메 님이 입꼬리가 히죽 올라간 채 "므흐흐."니 "으헤헤."니 하고 즐기는 듯한 목소리를 냈다.

왜 네코히메 님이 즐기는 듯한 표정을 짓고 있는 거지…….

네코히메 님의 복슬복슬한 머리를 한차례 음미하고 나서 손을 홱 뗐다.

"가, 감사합니다, 네코히메 님. 뭔가 무척 치유받은 기분이에요."

"음? 뭐냐? 그만 된 게냐?"

"예. 이제 충분해요……."

그리고 나중에 돈을 요구할 것 같아서 무섭거든요…….

"으음……. 뭐, 됐다. 또 내 복슬복슬한 머리가 그리워지거든 언제든지 말하거라. 특별히 음미하게 해주마."

"아, 아하하……. 감사합니다……."

그렇게 나는 카구라네코 신사를 뒤로했다.

주말이 지난 뒤의 등교일.

평소에는 집을 나서면 바로 역으로 향하지만 오늘은 조금 달랐다.

옆집인 아야노네 집의 현관 앞으로 와서 벨을 눌렀다.

딩동, 하는 흔한 전자음이 흐르고 잠시 있자 문이 찰칵 열리며 아야노가 모습을 드러냈다.

아야노가 어딘가 쑥스러워하는 기색으로 허둥댔다.

"조, 좋은 아침이네, 코우타."

"응, 좋은 아침."

"그, 그래서 오늘은 갑자기 무슨 일이야? 웬일로 함께 학교에 가자고 하고."

전날 밤에 나는 아야노에게 연락해서 하교할 때만이 아니라 등교도 시간을 맞춰서 함께 하자는 제안을 했다.

며칠 전만 해도 사람이 많은 낮 동안이라면 안전하리라고 쉽게 생각하고 있었지만 사람이 많은 역에서 물건을 던지는 상대니까 방심할 수는 없었다.

"뭐, 그냥. ……근데 평소에도 자주 함께 등교하지 않나?"

"아, 아하하! 그건 우연이잖아! 우연!"

알기 쉽게 동요하지 말아라…….

언제나 현관에서 대기하고 있다는 걸 들킨다고…….

"그리고 물어보고 싶은 게 좀 있는데."

"뭐, 뭔데?"

"아야노 혹시 우리 집 보조 열쇠 같은 걸 유나에게 받았어?"

"응. 그거라면 재회한 날에 유나가 줬는데? 긴급 시 등에 쓰라면서. 그게 왜?《설마 최근에 밤이면 밤마다 코우의 방에 멋대로 침입한 걸 들키지는 않았겠지……?》"

들켰거든…….

그리고 '긴급 시 등'은 뭐냐, '등'은!

적어도 긴급 시에만 쓰라고!

"아, 아하. 그랬구나……."

모른 척 웃어 보이는 내 속은 알지도 못한 채 아야노는 머리카락을 귀 뒤로 넘기며 기쁜 듯이 걸음을 내디뎠다.

"그, 그럼 학교 가자.《코우가 데이트에 데리러 오더니 기뻐!》"

데이트는 아니다만.

나는 적당히 맞장구를 치며 아야노의 등을 좇았다.

아야노의 스토커가 우리 학교의 학생이라는 건 아직 아야노와 미즈키에게는 말하지 않았다.

하지만 상대의 특징이 판명되어서 알아보는 게 가능해진 이상은 두 사람에게 상담하는 편이 현명할 것이다.

아야노와 함께 학교에 도착하자 이미 자신의 자리에 앉아 있던 미즈키가 우리를 깨닫고 "안녕~." 하고 손을 흔들었다.

아직 이른 시간인 것도 있어서 교실에는 애들이 몇 명밖에 없었다. 상담하려면 지금이었다.

"잠깐 너희에게 할 이야기가 있는데."

나는 아야노와 미즈키를 불러서 지금까지 판명된 사실을 순서대로 설명했다.

미즈키가 잘 모르겠다는 듯한 표정을 지었다.

"요컨대 영화관에서 유메미가사키 양을 노려보던 여자애가 있었는데 코우타는 그게 불안하다는 거지?"

물론 상대의 속마음이 들려서 눈치챘다고는 말하지 않았다.

"어. ……그리고 저번에 역에서 필통을 던진 녀석도 동일 인물이었어."

아야노는 으음, 하고 신음하며 손으로 턱을 짚었다.

"머리를 땋았고…… 검은 테 안경의 여자애……. 그런 애는 우리 학교에서 못 본 것 같은데."

"아야노도 누군가가 따라다니고 있는 듯한 기척이 느껴졌다며. 분명 그 녀석 짓일 거야."

"그런데 왜 나를 스토킹하는 거야? 이유가 없지 않아?"

"그건…… 그 뭐냐…… 그거야……."

"그거……?"

미즈키에게 안 들리도록 아야노를 떨어트리며 슬쩍 귓속말을 했다.

"상대는 네 팬일 거야. 분명 사인회 때 네 모습을 우연히 본 거 겠지."

"아~ 그렇구나. 팬의 질투나 원한이라는 거지? ……그런데 왜 굳이 사이온지 군에게는 안 들리도록 작게 말하는 거야?"

"네가 비밀로 해달라며!"

"……아, 그랬지. 완전히 잊고 있었어."

완전히 잊지 말라고…….

게다가 미즈키는 네 필명인 '우타니 타케코'가 '니타케 코우 타'의 애너그램인 걸 깨달았다고.

아야노가 우타니 타케코란 걸 들키면 그 이야기가 분명 나올 것 아니야…….

그렇게 자신의 마음을 들킨 아야노가 어떤 행동을 일으킬지도 모를 일이고…….

아야노가 우타니 타케코라는 사실은 이대로 숨기는 있는 게 나아 보였다.

내가 아야노에게 귓속말을 하는 게 마음에 안 들었는지 미즈 키가 불평했다.

"나만 따돌리지 말고~!"

"미, 미안미안. ……그래서 어때? 미즈키는 친구 많잖아. 머리 카락을 두 갈래로 땋은 검은 테 안경의 여자애를 본 적은 없어?"

"뭐, 코우타보다는 많지만——."

시끄럽거든.

"——그런 애는 모르겠어."

"미즈키도 모르는 애인가……. 그렇다면 우리가 쉬는 시간에 다른 교실에 가서 두 갈래로 머리카락을 땋은 여자애를 찾아낼 수밖에 없겠는데."

"뭐, 그게 가장 좋은 방법일 거야."

미즈키에 이어서 아야노도 고개를 작게 끄덕였다.

"그러게. 찾아내서 왜 나를 따라다니는 건지 이유를 하나하나 들어봐야겠는걸."

아야노 씨, 얼굴이 좀 무섭거든요?

점심시간. 우리는 책상에 둘러앉아서 각자의 성과를 보고했다.

"나는 그렇게 생긴 애는 못 찾았어. 두 사람은 어때?"

"나도 전혀. 정말 그런 애가 있어?"

기대에 어긋난 결과에 아야노와 나란히 한숨을 내쉬고 있으니 미즈키가 고개를 갸웃거렸다.

"응? 나는 땋은 머리를 한 애의 이름을 알았는데?"

"뭐?! 미즈키 정말이야?!"

"정말로 그런 애가 있었어?! 어떻게 찾았는데?!"

입을 모으며 놀라는 나와 아야노와는 달리 미즈키는 어딘가 주저하듯이 말했다.

"그게…… 저기…… 그냥 다른 반 애에게 두 갈래로 머리카락을 땋은 애를 아냐고 물어봤더니 오늘은 학교를 쉬었지만 자기 반에 있다고 하던데……."

아……. 그렇구만…….

미안해서 어쩌나! 우리는 친구가 없어서 다른 반 교실을 들여다본 것뿐이었거든!

학교를 쉰 애의 정보는 알아낼 방법이 없단 말이지!

자신의 좁은 교우 관계에 충격을 받고 있으니 미즈키가 기운을 북돋아 주듯이 밝은 목소리로 말을 이었다.

"그, 그래서 말이야! 그 애의 이름은 류자키 츠쿠시 양이라고 하는데 며칠 전부터 학교를 쉬고 있다나 봐!"

"며칠 전부터?"

"응. 자세히 물어보니까 우리가 셋이서 영화를 보러 간 다음 날부터 안 오고 있나 봐."

영화를 보러 간 날…….

요컨대 내가 처음으로 스토커의 존재를 알게 된 다음 날부터다.

시기적으로도 스토커의 정체는 류자키 츠쿠시라는 애가 틀림없을 것이다.

류자키 츠쿠시라는 이름을 듣고 아야노가 눈살을 찌푸렸다.

"류자키 츠쿠시란 말이지……. 역시 모르는 이름이야.《그렇다는 건…… 역시 그 사인회에 왔었던 걸까……?》"

아야노의 예상대로 류자키 츠쿠시라는 애가 사인회에서부터 아야노를 노리기 시작했다면 아야노가 상대의 이름을 모르는 것도 당연한 일이었다.

아야노는 사인회에서는 인형탈을 쓰고 있었지만 그전의 토크쇼와 사인회가 끝난 뒤에는 얼굴을 내놓고 있었다.

전에 미즈키도 말했다시피 아야노는 단정한 용모 때문에 학교에서도 유명한 모양이니 우타니 타케코와 유메미가사키 아야노를 연결 짓는 건 그리 어려운 일이 아닐 것이다.

……그런데 뭘까…….

목에 잔가시가 걸린 듯한 작은 위화감이 좀 있는데…….

내가 뭔가를 간과하고 있는 건가……?

하지만 대체 뭘……?

"그럼 일단 오늘 방과 후에 류자키 츠쿠시의 집에 가보자."

뜬금없는 아야노의 제안에 나도 모르게 "뭐……?" 하고 얼떨떨한 목소리를 냈다.

아야노가 짜증스럽게 손가락으로 책상을 두드리며 말했다.

"그렇잖아. 이대로 내버려 둬봤자 상대가 더 적극적으로 나올 뿐이니까. 그럴 거라면 이쪽에서 행동을 일으켜서 의표를 찌르는 게 낫지."

"뭐…… 확실히 이 이상 당하기만 해서 괴롭힘이 심해지면 큰

일이기도 하고. 그렇지만 류자키 츠쿠시가 어디 사는지는———."

그렇게 의문을 입에 담으려는 순간 미즈키가 지체하지 않고 손을 들며 말했다.

"그거라면 내가 알아! 류자키 양을 알려준 애가 알고 있길래 겸사겸사 물어봤어!"

아야노가 만족스럽다는 듯이 팔짱을 꼈다.

"사이온지 군. 일 처리가 확실하네."

"에헤헤. 유메미가사키 양에게 칭찬받았다~."

순조롭게 이야기가 진행되어서 우리는 방과 후에 류자키 츠쿠시의 집을 찾아가게 되었다.

다만 내 가슴속에서는 표현할 수 없는 일말의 불안이 불길하게 소용돌이치고 있었다.

딩동.

방과 후. 학교에서 역을 몇 번 지난 곳에 있는 대로변의 아파트. 5층의 가장 안쪽 집이 류자키 츠쿠시의 집이었다.

벨이 울리고 잠시 기다리자 인터폰에서 여성의 목소리가 돌아왔다.

『……예…….』

억양이 없는 중년 여성의 목소리였다.

아마도 류자키 츠쿠시의 모친이겠지.

"실례합니다. 류자키 츠쿠시 양의 동급생인 니타케 코우타라고 합니다. 츠쿠시 양 지금 집에 있나요?"

『……남자애? 츠쿠시의 친구인가요?』

그 질문에 남자인 내가 대응할 게 아니었다고 후회했지만 이제 와서 늦은 일이었다.

상대의 경계심을 부채질하지 않도록 밝게 말하려고 노력했다.

"예, 뭐. 최근에 츠쿠시 양이 학교를 쉬고 있는 듯해서 걱정되어 친구들과 문병을 왔습니다."

『……문병인가요…….』

모친은 내키지 않은 듯한 어조로 시종일관 모호하게 대답했다.

이대로는 돌려보낼지도 모른다고 생각했을 때 나와 같은 생각을 했는지 미즈키가 끼어들었다.

"죄송합니다. 잠시만이라도 좋으니 만나볼 수는 없을까요? 얼굴을 보면 바로 돌아갈게요."

『……어머나, 여자애도 있었구나…….』

평소에는 남장하고 있다고는 해도 미즈키도 엄연한 여자였다.

목소리만 들으면 그렇게 생각하는 게 일반적이겠지.

"아, 그게, 저는 여자가 아니라──."

그렇게 미즈키가 반론하려고 해서 황급히 입을 막았다.

모처럼 모친이 이쪽에 관심을 보였으니 이럴 때까지 일일이 남자라고 정정할 필요는 없을 것이다.

미즈키 대신 내가 이어서 말했다.

"바쁘실 텐데 정말 죄송합니다. 이야기를 좀 들으면 바로 돌아갈 생각입니다."

『.............』

대답은 없었지만 대신 문 너머에서 발소리가 다가오더니 찰칵하고 문이 열렸다.

나타난 건 마흔 전후의 여성이었다.

수수한 용모였지만 이목구비는 단정했다.

그러나 화장기가 전혀 없었고 얼굴은 낯빛에 뺨도 핼쑥했다. 척 보아도 여위어 보였다.

모친은 우리 세 사람을 빤히 둘러보며 말했다.

"……그래…… 츠쿠시도 친구가 있었구나. ……그 애는 평소에 학교 이야기를 전혀 하질 않았거든……."

"저기, 그래서 츠쿠시 양은 지금 집에 있나요?"

모친이 짧게 한숨을 내쉬었다.

"그게…… 그 애는 최근 며칠째 가출 비슷한 상태라……."

"가출 비슷한 상태요?"

"……그렇단다. 저번 주부터 돌연히 집에 돌아오질 않아서……. 일단 연락은 있었지만……. 학교에도 가지 않은 모양이라……."

"그건 가출 비슷한 게 아니라 완전히 가출 아닌가 싶은데……."

"그게 말이지……. 엊그제와 어제는 집에 돌아왔었단다. 뭐하고 돌아다녔는지를 물어봐도 전혀 대답해주질 않아서……. 계속 방에 틀어박혀 있기만 했고……."

그렇군.

그래서 가출 비슷한 상태라는 건가.

"언제부터 그 가출이 시작됐는지는 기억하시나요?"

"저번 주 수요일부터였단다. 그날은 학교에는 갔던 모양인데 다음 날부터 쉬었대서……. 학교 선생님들도 일단은 수업이 끝난 뒤에 주변을 찾아봐 주셨는데 찾지 못했거든……. 그런데 본인에게서 경찰에게는 연락하지 말고 연락하면 두 번 다시 집에 돌아오지 않겠다는 전화가 있어서……. 그 애는 얌전한 애라 지금까지는 한 번도 이런 일은 없었는데……."

저번 주 수요일이라면 우리가 영화를 보러 간 날이다.

그러고 보니 목요일에 나와 미즈키가 체육관 뒤의 창고에 갇혔을 때도 아마미야 선생님이 긴급한 일이라며 불려갔었지. 그게 류자키 츠쿠시의 일이었나?

역시 그날을 경계로 류자키 츠쿠시가 이상해졌다고 생각하는 게 타당해 보였다.

그런데 어째서 그날이지?

우리가 영화를 본 날에 무엇이 류자키 츠쿠시를 폭주하게 만든 거지……?

"저기, 츠쿠시 양이 지금까지 이상한 말을 한 적은 없었나요? 사소한 거라도 좋으니……."

"이상한……? 이상한 말이라……. 아, 그러고 보니 전에 한 번 방 안에서 우는 소리가 들려왔단다. 평소에는 감정을 그다지 겉으로 드러내는 애가 아니어서 걱정되어 물어봤거든……. 그랬더니 엄마와는 상관없는 일이니까 내버려 두라고 해서……."

"그건 최근 일인가요?"

"아니……. 츠쿠시가 아직 1학년이었을 때의 이야기란다."

1학년 때인가…….

그럼 상관없나…….

류자키 츠쿠시는 소설가로 활약하고 있는 아야노에게 질투심, 혹은 적개심을 품고 있었다.

그리고 저번 주 수요일에 그게 증오로 변하는 무슨 일이 일어났다고 하면…….

하지만 아야노는 그날엔 평소대로였다.

우리와 영화를 보러 간 게 류자키 츠쿠시를 거슬리게 했다고는 생각하기 힘들고…….

만약 류자키 츠쿠시가 사소한 일에도 화를 내는 성격이었다면 평소에도 어떠한 형태로든 겉으로 드러나지 않으면 이상하다.

모친의 증언에 따르면 류자키 츠쿠시는 평소에도 온후한 성격이었는지 이번 일처럼 가출한 적은 한 번도 없었다고 한다.

온후한 류자키 츠쿠시가 이런 범죄 같은 짓을 저지르게 된 원인을 알 수 없었다.

결론이 나오지 않는 물음에 고심하고 있으니 류자키 츠쿠시의 모친이 미안하다는 듯이 말했다.

"저기…… 이제 됐니?"

"아. 예. 시간을 빼앗아서 죄송합니다."

"……이쪽이야말로 일부러 만나러 와줬는데 미안하구나.
……맞다. 만약 어디선가 츠쿠시를 보게 된다면 집에 돌아오도
록 말해주지 않겠니?"

"예. 물론이죠."

"……고맙구나."

류자키 츠쿠시의 모친은 꺼져 들어가는 듯한 목소리로 그렇게
말하고 나서 살짝 고개를 숙이며 다시 집 안으로 들어갔다.

그 뒤에 엘리베이터에 타서 줄어들어 가는 숫자를 멍하니 바
라보고 있으니 아야노가 유감이라는 듯이 한숨을 내쉬었다.

"모처럼 여기까지 왔는데 헛수고였어."

헛수고…….

정말로 헛수고였나……?

류자키 츠쿠시의 모친에게 이야기를 듣고 나서 나는 계속 무
언가가 걸리는 느낌을 받았다.

뭔가가 이상하다…….

우리는 뭔가 큰 착각을 한 게…….이유는 알 수 없지만 그런
생각이 계속 머릿속을 맴돌고 있었다.

미즈키가 곤란하다는 듯이 말했다.

"그런데 이제부터 어쩌지? 류자키 양이 유메미가사키 양의 스토커인 건 틀림없어 보이지만 본인과 만나지 못하면 이야기도 나눠볼 수 없잖아."

"괜찮아. 아까도 말씀하셨잖아. 주말에는 집에 돌아왔었다고."

"그러고 보니……."

"그건 아마도 주말에는 나를 스토킹하지 않는다는 의미가 아닐까? 나는 휴일엔 거의 집에만 있고 밝은 시간대에 줄곧 집 앞에 있으면 눈에 띄니까."

"그렇구나! 그럼 다음번에는 학교를 쉬는 날에 다시 와보면 만날 수 있을지도 모르겠네!"

"그런 거야."

"……어라? 잠깐만."

"왜?"

"……류자키 양이 주말에만 집에 돌아온다는 건 평일에는 유메미가사키 양의 뒤를 밟고 있다는 말이 되지?"

"뭐, 그렇게 되겠지?"

"……오늘은 평일이잖아?"

"그렇지. 그게 왜?"

"……만약 류자키 양이 우리의 뒤를 밟고 있다면, 우리가 집을 찾아냈다는 걸 들키는 건 위험하지 않아?"

아야노가 대답하기 전에 띵, 하고 구식 벨소리가 나며 엘리베이터가 목적지인 1층에 도착한 것을 알렸다.

　그리고 그 순간 우리는 숨을 집어삼켰다.

　왜냐하면 천천히 열리는 엘리베이터 문 너머에서 류자키 츠쿠시가 이쪽을 노려보고 있었기 때문이다.

　두 갈래로 땋은 머리카락은 한쪽이 풀렸고 검은 테 안경 뒤로 보이는 눈 아래에는 피로한 것처럼 다크서클이 생겨 있었다.

　이쪽을 빤히 노려보는 노기가 담긴 눈과 건조해져서 튼 입술.

　그리고 손에는 불길하게 번뜩이는 가위가 쥐어져 있었다.

　그 모습을 본 순간 등줄기가 오싹해지는 것이 느껴졌다.

　느껴본 적이 있는 감각이었다.

　이건 죽음이 다가왔을 때의 감각이다.

　기다리고 있던 류자키 츠쿠시보다 내가 먼저 움직일 수 있었던 건 분명 이전에 내가 죽음의 감각을 체감한 적이 있었기 때문일 것이다.

　엘리베이터의 문이 열린 순간 류자키 츠쿠시에게 달려든 나는 가위를 쥔 손을 바닥에 세게 밀어붙이며 그대로 누르듯이 체중을 실었다.

　"이거 놔아아아아아아아아아아!"

　처음으로 들은 류자키 츠쿠시의 목소리는 분노로 가득 차 있었다.

젠장?! 무슨 힘이 이렇게 세?!

류자키 츠쿠시를 붙든 채 뒤를 돌아보자 갑작스러운 류자키 츠쿠시의 등장과 손에 쥐어져 있는 가위에 다리가 움츠러든 아야노와 미즈키의 모습이 있었다.

"둘 다 빨리 도망쳐!"

내 목소리에 그제야 두 사람이 정신을 차린 것처럼 눈을 크게 떴다.

아야노가 황급히 엘리베이터의 버튼을 연타해서 한 번은 문이 닫힐 뻔했지만 류자키 츠쿠시의 다리가 그걸 방해했다.

겨우 억누르고 있는 류자키 츠쿠시의 팔에 축축하게 땀이 번지는 감촉이 느껴졌다.

이런?! 땀으로 손이 미끄러질 것 같아!

"뛰어! 뛰어서 도망쳐! 빨리!"

그렇게 지시하자 미즈키와 아야노는 엘리베이터를 포기하고 나와 류자키 츠쿠시의 옆을 지나쳐 로비 쪽으로 뛰쳐나갔다.

"코우타! 코우타도 도망쳐야지!"

"얘가 노리는 건 아야노라고!"

"하, 하지만——."

"가! 빨리!"

"싫어! 이대로는 코우타가—— 코우가!"

"미즈키이이! 아야노를 데리고 빨리 도망쳐어어어어!"

내 말을 듣지 않고 머뭇거리는 아야노의 손을 미즈키가 억지

로 잡아끌었다.

그 직후에 억누르고 있던 류자키 츠쿠시의 손이 내 손아귀에
서 빠져나가며 들고 있던 가위를 횡으로 세차게 휘둘렀다.

반사적으로 뒤로 물러나자 류자키 츠쿠시는 그 틈을 놓치지
않고 곧바로 몸을 돌려 아야노와 미즈키가 있는 쪽으로 달려가
려고 했다.

"어딜!"

순간적으로 손을 뻗어서 류자키 츠쿠시의 목덜미를 붙잡아 그
대로 엘리베이터 안으로 집어 던진 뒤 황급히 최상층으로 가는
버튼을 연타했다.

세차게 내던져진 류자키 츠쿠시는 머리를 세게 부딪쳤는지 비
틀거리며 일어서지 못했다.

"빨리! 빨리 닫히라고! 빨리!"

이대로 류자키 츠쿠시와 거리가 벌어지면 그사이에 도망칠 수
있어!

덜컥, 하고 문이 닫힘과 동시에 로비로 도망친 두 사람에게 시
선을 보내니 아직도 자동문 앞에서 우왕좌왕하고 있었다.

"둘 다 뭐 하는 거야! 빨리 밖으로 도망치라니까!"

미즈키가 당장에라도 울음을 터트릴 듯한 얼굴로 이쪽을 돌아
보았다.

"그, 그게 이 자동문이 전혀 열리질 않아……."

열리지 않는다고……?

자동문 하단을 자세히 보니 손으로 개폐할 수 있는 간이 잠금

쇠가 달려 있었는데 무슨 짓을 한 건지 그게 뒤틀려 있었다.

젠장! 류자키 츠쿠시가 문을 잠그고 망가트린 거야!

시험 삼아 손가락으로 잡고 돌려보려고 했지만 뒤틀려 있는 탓에 꿈쩍도 하지 않았다.

"안 되겠어! 두 사람은 비상구로———."

띠리리리리리리리리리!

귀를 찌르는 날카로운 비상벨 소리.

소리가 난 곳은 조금 전에 문이 닫혀서 최상층으로 향했을 터인 엘리베이터였다.

설마…….

엘리베이터로 시선을 보내니 천천히 열리는 문 사이로 흥분해서 숨을 몰아쉬는 류자키 츠쿠시가 모습을 드러냈다.

비상 정지 버튼을 눌러서 엘리베이터를 세운 건가?!

"둘 다 뛰어!"

내 외침에 두 사람은 잠겨버린 자동문을 포기하고 좌우로 나뉘어 달렸다.

들어올 때 보았던 아파트의 구조상 왼쪽으로 가면 자전거 주차장, 오른쪽으로 가면 일반 주차장으로 이어질 터였다.

하지만 다른 문의 잠금쇠도 망가져 있다면 류자키 츠쿠시에게 따라잡힐 것이다.

거기에 두 사람 모두 두려움에 다리가 움츠러든 건지 제대로 달리지 못하고 있었다.

　설령 좌우의 문이 망가지지 않았더라도 이래서는 따라잡히고
만다.

　안 되겠어! 이대로는 도망치지 못해!

　류자키 츠쿠시가 노리는 건 아야노! 그렇다면 여기서는 아야
노를 지키러——.

　그때, 위험이 닥쳐온 이 상황에서 내 뇌는 지금까지의 기억을
떠올리고 있었다.

　가장 처음에 들었던 류자키 츠쿠시의 속마음.
　《용서 못 해⋯⋯. 유메미가사키 아야노, 절대로 용서하지 않
을 거야⋯⋯.》

　어째서 류자키 츠쿠시는 아야노를 '우타니 타케코'가 아니라
'유메미가사키 아야노'라고 부르는 거지?
　소설가인 '우타니 타케코'에 대한 질투와 동경으로 아야노
의 스토커가 되었다면 류자키 츠쿠시는 아야노를 '우타니 타케
코'라고 불러야 하지 않나⋯⋯?

　교실에서 나눴던 아야노와의 대화.

'그러고 보니 최근에 누군가가 따라다니고 있는 듯한 기척이 느껴져.'

'……언제부터 그런 느낌이 들었는데?'

'그게…… 아마도 사인회 이후부터였던가…….'

아야노가 느꼈던 누군가가 따라다니고 있는 듯한 기척…….

그건 사인회 이후부터였다고 했었다.

하지만 그건 말이 안 맞는다…….

류자키 츠쿠시가 이상해지기 시작한 건 저번 주 수요일부터였으니까.

앞뒤가 맞지 않는다.

류자키 츠쿠시의 모친과 나눴던 대화.

'──아, 그러고 보니 전에 한 번 방 안에서 우는 소리가 들려왔단다. 평소에는 감정을 그다지 겉으로 드러내는 애가 아니어서 걱정되어 물어봤었거든……. 그랬더니 엄마와는 상관없는 일이니까 내버려 두라고 해서…….'

'그건 최근 일인가요?'

'아니……. 츠쿠시가 아직 1학년이었을 때의 이야기란다.'

1학년 때 류자키 츠쿠시에게 눈물을 흘릴 정도의 일이 일어났었다…….

평소에는 감정을 겉으로 드러내지 않는 류자키 츠쿠시가 도저히 참지 못했을 정도의 일…….

만약 그게 전부 이어져 있는 일이라면…….

……그러고 보니 기억이 옳다면 류자키 츠쿠시의 속마음을 처음 들었을 때 나는 화장실에 가려고 아야노와 미즈키에게서 떨어져 있었다.

요컨대 류자키 츠쿠시가 목격한 건 아야노와 미즈키가 단둘이 있던 모습이 아니었을까……?

그 광경을 본 류자키 츠쿠시가 스토킹을 하기 시작했다고……?

그건 즉——.

교실에서 들었던 미즈키의 말이 떠올랐다.

'나도 1학년 때는 자주 얼굴도 이름도 모르는 애한테 고백받은 걸 거절했다가 험담을 듣거나 했었는데 분명 그런 부류일 거야!'

아…….

그런가…….

그랬던 거였나…….

류자키 츠쿠시의 정체는 1학년 때 미즈키에게 차였던 여학생 중 한 명이었다…….

그리고 영화관에서 미즈키와 아야노가 단둘이 데이트를 한다고 착각해 질투심으로 이런 일을 저지르게 된 거다…….

　나는…… 우리는 엉뚱한 착각을 하고 있었다…….

　류자키 츠쿠시는 아야노의 스토커 같은 게 아니었다.

　류자키 츠쿠시는…… 미즈키의 스토커였다!

　모든 위화감이 불식된 직후에 왼쪽으로 도망치던 미즈키가 도중에 다리를 멈추고 아야노 쪽을 돌아보며 소리쳤다.

　"유메미가사키 양! 빨리 도망쳐!"

　직후에 류자키 츠쿠시의 속마음이 들려왔다.

　"《내가 가질 수 없다면…… 갑자기 나타난 여자에게 미즈키 군을 빼앗길 정도라면…… 차라리…….》"

　아니야! 류자키 츠쿠시가 노리는 건 아야노가 아니라 너라고!

　그렇게 소리치기보다 먼저 나는 미즈키 쪽으로 다리를 내디뎠다.

　왜냐하면 류자키 츠쿠시도 미즈키가 있는 곳으로 달려가고 있었기 때문이다.

　류자키 츠쿠시는 양손으로 단단히 쥔 가위를 미즈키를 향해 찔러넣었다.

"아아아아아아아아아아!"

류자키 츠쿠시의 괴성이 온 아파트에 울려 퍼졌다.

마치 짐승의 울음소리처럼 귓속으로 울려왔다.

그때까지 자신이 노려지고 있으리라고는 생각도 못 했는지 류자키 츠쿠시가 자기 쪽으로 달려오는 모습을 본 미즈키가 "어……?" 하고 작게 목소리를 흘렸다.

푹.

둔탁한 소리가 들려왔다.

목숨을 앗아가는 소리였다.

자신의 오른쪽 옆구리를 보니 류자키 츠쿠시가 쥐고 있던 가위 날 전체가 몸 안에 파고들어 있어서 핏기가 가시는 기분이었다.

미즈키가 찔리기 직전에 아슬아슬하게 사이에 끼어든 것이 다.

하지만 미즈키를 밀쳐내는 것도, 류자키 츠쿠시를 제지하지도 못한 채 그저 사이에 끼어든 것뿐이었다.

그 결과로 나는 꼴사납게 가위에 옆구리를 찔리고 말았다.

이상하게도 통증은 느껴지지 않았다.

그저 옆구리에 박힌 가위에서 전해져 오는 싸늘한 감촉이 참을 수 없을 정도로 거슬렸다.

깊게 박힌 가위를 보고 손을 홱 뗀 류자키 츠쿠시가 덜덜 떨기 시작했다.

"아, 아니야……. 그냥…… 위협할 생각으로…… 그런……
나는……."

밀어닥치는 끔찍한 이물감에 옆구리에 박혀 있는 가위를 양손
으로 쥐고 그대로 힘주어 뽑았다.

그러자 후두둑, 하고 물을 뿌리는 듯한 소리와 함께 로비 바닥
에 쏟아진 피가 바지를 타고 흐르며 발치에서 원을 그렸다.

여전히 통증은 없었다.

내 옆구리에서 흘러내리는 피를 보고 자신이 무슨 짓을 한 건
지 그제야 이해가 되었는지 류자키 츠쿠시는 얼굴이 새파랗게
질린 채 그대로 주차장 쪽으로 도망쳤다.

아무래도 그쪽 문의 잠금쇠까지는 망가트릴 시간이 없었던 모
양이었다.

"거기 서!"

황급히 그 뒤를 쫓아 나도 주차장으로 나왔지만 거기서 갑자
기 다리에 힘이 빠져서 그대로 휘청거리며 뒤로 털썩 나자빠지
고 말았다.

일어나려고 했지만 몸에 전혀 힘이 들어가지 않았다.

아……. 자빠진 건가……? 이러면 안 되는데……. 빨리 일어
나지 않으면 그 녀석이…….

배에 힘을 주며 상체를 일으키려고 했지만 몸이 말을 듣지 않

았다.

응……? 이상한데……. 힘이 안 들어가……. 왜 이러지……?

하늘에서 빗방울이 소리를 내며 떨어졌다.
보니까 그곳에는 줄줄 흘러내린 내 피가 마치 물웅덩이처럼
고여있었다.

아니……. 말도 안 돼……. 이거 설마…… 전부 내 피인가?

다급한 발소리가 들려오더니 시야 양쪽에서 아야노와 미즈키
가 나타났다. 두 사람 모두 허둥대며 걱정스러운 표정으로 나를
내려다보았다.

"코우타! 정신 차려! 코우타!"
"코우……? 아니지……? 이런……. 이런 일이……."

시야가 일그러졌다. 이제 곧 여름인데 오한이 들었다.

젠장…….

왜…….

왜 이렇게 된 거지…….

나라면 좀 더 제대로 대처할 수 있었을 텐데…….

류자키 츠쿠시가 아야노가 아닌 미즈키의 스토커라는 사실을 좀 더 일찍 깨달았었다면…….

부주의하게 류자키 츠쿠시의 집을 찾아오지 않았더라면…….

후회는 끝이 없었지만 눈물을 글썽이는 미즈키와 아야노의 얼굴을 보다가 안도했다.

다행이다…….

찔린 게 나 하나뿐이라…….

두 사람이 무사해서…… 정말로 다행이야…….

"코우타! 코우타!"
"누가 구급차 좀 불러주세요! 누구 없어요?!"
미즈키와 아야노가 허둥대며 소리치지는 가운데 끼리릭, 하고 타이어를 마찰시키며 승용차 한 대가 맹렬한 속도로 주차장 안에 들이닥쳤다.

차 문이 열리자 운전석에는 낯익은 하얀 정장 차림의 여성이 앉아 있었다.

　"지금 당장 병원으로 데려갈 테니까 빨리 차에 태워!"

　그 얼굴을 보고 미즈키가 깜짝 놀라서 입을 열었다.

　"누, 누나?! 왜 여기 있어?!"

　그 여성은 바로 미즈키의 언니인 이사장이었다.

　그러고 보니 나를 언제나 지켜보고 있다고 했었던가…….

　이왕이면 찔리기 전에 와줬으면 했는데…….

　아…….

　뭔가, 너무 추운데…….

　………….

　………….

최종장『옷장 안에는』

눈을 떠보니 나는 낯선 침대 위에 누워있었다.

여긴 어디지⋯⋯?

새하얀 침대보. 비치된 테이블 위에는 과일 바구니. 그 옆에는 옷장이 있고 반대쪽에는 심전도가 설치되어 있었다.

자세히 보니 심전도에서 뻗은 가느다란 케이블이 내 몸에 몇 가닥이나 달려 있었다.

환자복으로 갈아 입혀져 있고 류자키 츠쿠시에게 찔린 옆구리에 하얀 거즈가 붙어 있었기에 이곳이 병실이란 건 금방 깨달았다.

그나저나 찔린 부위가 무진장 아프다만!

으윽⋯⋯.

왜 아무도 없냐고⋯⋯.

쓸쓸하잖아⋯⋯.

한쪽 벽에 달린 커다란 유리창을 통해 보이는 풍경에 이곳이 이 근방에서 가장 큰 종합 병원이라는 것을 알 수 있었다.

밖에서는 비가 내리는지 쏴아아, 하고 세찬 소리가 들려왔다.

그건 그렇고 엄청 고층인걸⋯⋯.

거기에 1인실이고…….

입원비가 비쌀 것 같은데…….

똑똑, 하고 노크하는 소리가 들리더니 내 대답을 기다리지 않고 문이 열렸다.

병실의 문 앞에는 샤워실이 있어서 침대에 누운 채로는 모퉁이가 방해되어 문이 직접 보이지 않았기에 누가 들어왔는지는 바로 알 수 없었다.

발소리가 가까워진 뒤에야 들어온 사람이 젊은 여간호사라는 것을 알 수 있었다.

간호사 누나가 나를 보자마자 말했다.

"어머! 깨어나셨군요?! 니타케 씨, 하루 내내 누워계셨어요."

"하루요……? 그럼 제가 찔렸던 건 어제 일인가요?"

"예. 큰일 날 뻔하셨네요. 흉기 난동 사건에 휘말리시다니."

"흉기 난동이요……?"

"무섭죠? 뉴스에서도 전혀 방송되지 않은 걸 보면 범인이 아직 잡히지 않은 걸까요?"

무슨 말이지?

범인이 아직 잡히지 않았다고?

류자키 츠쿠시는 어떻게 된 거야?

이어서 간호사 누나는 내 몸에 달린 심전도를 떼더니 총총히 병실 밖으로 나가버렸다.

상황을 전혀 모르겠는데…….

어째서 나는 흉기 난동 사건에 휘말린 것으로 되어 있는 거지?

◇ ◇ ◇

간호사 누나가 나가고 30분도 지나지 않아 다시 노크하는 소리가 들려왔다.

"들어——."

"들어간다."

들어오세요, 하고 대답하려고 했지만 도중에 말이 잘리고 말았다.

왜 다들 내 말은 듣지도 않는 거냐…….

또각거리는 발소리가 다가오며 모퉁이에서 이사장이 모습을 드러냈다.

이사장은 내 모습을 보고 안도한 것처럼 숨을 내쉬었다.

"흠. 아무래도 괜찮아 보이는군."

"그렇게 보이세요? 옆구리가 무진장 아픕니다만……."

"너를 이 병원까지 싣고 온 건 나니까 좀 더 감사한 마음을 가지도록."

"감사한 마음을 가지라니……."

왜 감사를 강요하는 거냐…….

"저기…… 혹시 정말로 저를 감시하고 계셨어요? 아무리 생각해도 이사장님이 오신 타이밍이 너무 좋았던 것 같은데요."

"맞아. 나는 너를 감시하고 있었다. 너에 대해서 여러 가지로 알아두고 싶었거든."

"그렇다면 좀 더 빨리 도와주시라고요……. 찔린 뒤에 나타나시면 뭐 해요……."

"이런 사태가 되리라고 누가 상상이나 했겠나? 차에 탄 채 멀리서 보고 있다가 돌아가는 게 이상하다고 생각했을 때는 이미 네가 찔린 상황이었으니까. 그건 그렇고 너도 참 약하군. 좀 더 제대로 대처할 수는 없었나?"

게다가 지적하기까지…….

내가 쓴웃음을 짓고 있으니 이사장은 진지한 표정으로 나를 보았다.

"그렇지만 미즈키가 무사할 수 있었던 건 틀림없이 네 덕분이었다. 고맙다. 나의 소중한 가족을 지켜줘서."

그렇게 말하며 이사장은 머리를 깊숙이 숙였다.

연장자가 정중한 태도로 나를 대하는 게 묘하게 불편해서 나는 황급히 고개를 가로저었다.

"아, 아니에요, 고개 드세요! ……거기에 제가 좀 더 일찍 류자키 츠쿠시의 의도를 깨달았더라면 이렇게 되지도 않았을 테고요……."

"흠. 그렇게 말하는 걸 보니 너는 역시 류자키 츠쿠시가 노리던 게 미즈키였다는 것을 깨달았었나."

"설마 이사장님도 알고 계셨나요?!"

"아니, 내가 그 사실을 알게 된 건 류자키 츠쿠시를 잡은 뒤에 직접 본인에게 이야기를 들었기 때문이다. 다른 두 사람에게도 이야기를 들어보니 아무래도 너희는 류자키 츠쿠시가 노리던 게 유메미가사키 아야노 양이라고 착각했던 모양이던데. 그런데도 그 자리에서 네가 미즈키 쪽으로 달려간 게 이상하다 싶었거든."

"직접 본인에게요······?"

그 말을 듣고 아까 간호사 누나에게 들었던 흉기 난동 사건 이야기가 떠올랐다.

"아! 저기, 저는 흉기 난동 사건에 휘말린 것으로 되어 있고 범인은 아직 잡히지 않았다고 들었는데 류자키 츠쿠시는 그 뒤에 어떻게 된 건가요?!"

"그 이야기는 내가 말해주는 것보다 우선 보는 편이 이해가 빠를 거다."

"보는······?"

이사장이 핸드폰을 꺼내서 영상을 하나 띄웠다.

시내의 길거리 한 곳에 도로가 보이지 않을 정도로 수많은 고양이가 들어차 있고 그 앞에서 뉴스 캐스터로 보이는 여성이 카메라를 향해 열성적으로 떠들고 있었다.

『이 광경을 봐 주시길 바랍니다! 수많은 고양이! 고양이! 고양이! 금일 해 질 녘부터 돌연히 대량으로 발생한 고양이 무리입니다! 대체 어떠한 연유로 이런 일이 일어난 것일까요?! 일설에 의하면 이곳 근방에 고양이 사육장이 있어서 그곳에서 탈주했다는 소문도 있습니다만 확실치는······ 응?! 앗! 카, 카메라

감독님! 저쪽! 저쪽을 찍어주세요! 여러분 보이시나요?! 수많은 고양이 무리 안에 사람이 있습니다! 한 사람…… 아니, 두 사람입니다! 한 사람은 중년 남성이고 다른 한 사람은 땋은 머리의 여고생으로 보입니다! 큰일입니다! 빨리 구해드려야 하겠는데요! ……응? 두 분이 뭔가 소리치고 계시네요……. 남성분은 '새전함은 이제 안 훔칠 테니까 용서해줘' ……? 대체 무슨 말일까요……? 여고생 쪽은…… '의도한 게 아니야' ……? 으응? 역시 무슨 말인지…….」

거기까지 재생되었을 때 이사장이 핸드폰을 조작해서 영상을 멈췄다.

이사장이 작게 한숨을 내쉬었다.

"참으로 믿기 힘든 일이지만 보았다시피 수많은 고양이가 류자키 츠쿠시를 붙잡았거든. 사실은 소설보다 기이하다고는 하지만 설마 이런 일이 현실에서 일어나다니……. 참고로 다른 쪽 남자는 근방 신사를 털었던 새전 도둑이라더군. 며칠째 고양이들에게 쫓긴 게 트라우마가 되어서 이 뒤에 경찰에게 자수한 모양이야."

죄송합니다! 저 이 소동의 주모자와 아는 사이에요!

그건 그렇고 새전 도둑을 잡는 김에 류자키 츠쿠시까지 잡다니…… 야생 고양이는 얕볼 수가 없겠는걸…….

아 음……. 이번에도 유료 서비스면 비쌀 것 같은데…….

"저기, 새전 도둑이 자수한 건 알겠는데 류자키 츠쿠시 쪽은 어떻게 되었나요?"

"너에겐 미안하지만 류자키 츠쿠시는 우리 쪽에서 책임지고 재교육하게 되었다."

"우리요?"

"사이온지 가문이다. 뭐, 나는 분가 사람이지만 이 정도 사건을 덮는 건 어렵지 않은 일이거든."

"사건을 덮는다니······. 왜 굳이······?"

그런 질문에 이사장의 날카로운 눈이 번뜩였다.

"나의 소중한 가족을 노린 대가는 싸지 않아. 그냥 경찰에게 넘겨줄 것 같나······? 크크크. 안심해라. 나도 교육자니까. 사람 하나를 갱생시키는 것쯤은 쉬운 일이야······."

"너, 너무 심하게는 하지 마시고요······."

대체 뭘 어떻게 해서 갱생시키려는 건지 무서워서 물어보지 못했다.

이사장이 핸드폰을 주머니에 넣기 직전에 미즈키와 이사장이 나란히 찍힌 대기화면이 보였다.

외모로 보아 지금보다 조금 어려 보이는 두 사람은 즐겁게 웃고 있었다.

"미즈키와는 사이가 좋으신가 보네요."

그렇게 말하자 이사장은 내가 자신의 핸드폰 대기화면을 봤다는 것을 금방 이해하고 고개를 작게 끄덕였다.

"그래. ······뭐, 이렇게는 말해도 피는 이어져 있지 않지만."

"예······?"

이사장은 담담한 어조로 말했다.

"……나는 어릴 때 친부모에게 버려졌었거든. 그래서 아이가 없었던 지금의 부모님, 즉 사이온지 분가의 아이로 거둬졌지. ……본가는 양자를 들일 거라면 남자로 하라고 비난했지만 부모님은 그 명령에 반하면서까지 나를 거두셨어. 어떻게 보답해야 해야 할지……. ……후계자가 없었던 분가의 부모님은 옛날부터 본가로부터 따가운 시선을 받았지만 나를 거두신 뒤로 그게 더욱 심해졌었지. '여자따윈 필요 없다. 남자 후계자를 남기지 못하는 너희에게 가치는 없다' 하고 말이야. 일상적인 괴롭힘은 물론이고 부모님의 일을 방해하고 돈을 뜯어내고 폭력까지. ……그런 지옥 같은 나날 속에서 부모님은 나를 지켜주셨지."

이사장은 어딘가 아련해 보이는 눈으로 말을 이었다.

"그럴 때 마침내 부모님이 가지신 아이가 미즈키였다. 고아였던 나를 거둬주시고 주변 반대를 무릅쓰면서까지 길러주신 부모님의 아이야. 귀엽지 않을 리가 없지. ……갓 태어난 미즈키의 얼굴을 보고 생각했다. 내 인생은 이 아이를 위해 있는 것이라고."

이사장은 입술을 꽉 깨물었다.

"《그렇기에…… 미즈키가 여자라는 것이 알려져서는 안 돼. 미즈키가 여자라는 걸 들키면 분명 미즈키도 나처럼 본가의 인간들에게 눈엣가시로 여겨질 게 틀림없으니까…….》"

그렇군…….

이사장은 미즈키를 지키기 위해 남장까지 시켜서 학교에 다니

게 한 건가…….

"《미즈키를 사이온지 가문의 가장으로 만들면 본가의 인간들을 일소할 수 있어……. 크크크. 그러면 우리 가족이 느꼈던 고통을 조금이라도 녀석들에게 알려줄 수가 있으니까.》"

증오가 흘러넘치고 있다…….

부자들도 여러모로 고생이 많은걸…….

이야기를 한차례 끝낸 이사장은 "그럼 나는 슬슬 실례하지." 하고 문 쪽으로 걸음을 내디뎠다.

"돌아가시게요?"

"이 이상 신경 쓰게 하는 것도 미안하니까."

이사장이 이쪽을 힐끗 보았다.

"《그나저나 몸을 바쳐 타인을 지키다니……. 이런 기개 있는 남자도 있었나. 이 녀석에게라면 미즈키를 맡길 수 있을지도 모르겠는걸…….》"

이 이상 이야기를 복잡하게 만들려고 하지 마시죠!

마음속으로 그런 말을 남긴 채 이사장은 병실 밖으로 나갔다.

이사장이 나간 뒤에 피로가 한 번에 몰려들어서 수마에 몸을 맡기려고 했다.

하지만 그걸 가로막듯이 문을 노크하는 소리가 들려와서 의식이 다시 현실로 돌아왔다.

"예. 들어——."

이번에도 내 대답을 기다리지 않고 문이 세차게 열리는 소리가 난 뒤에 병실에는 어울리지 않는 요란한 발소리가 다가오더니 내 동생 유나의 모습이 시야 가득 들어왔다.

"오빠!"

"아, 유나. 뭔가 오랜만인—— 억?!"

병실 침대에 누운 나를 향해 유나가 몸을 던졌다.

"오빠오빠오빠!"

유나가 얼굴을 내 몸에 비벼댈 때마다 어깨 위에 가지런히 자른 웨이브진 머리카락이 좌우로 붕붕 흔들렸다.

"잠깐, 유나! 오빠 아직 옆구리에 구멍 났거든?! 그렇게 격렬한 스킨십을 하면 죽을지도 모른다고!"

"으아아아아아앙! 오빠아아아아앙! 유나, 유나는, 오빠가 걱정 되어서어어어어어어!"

"걱정했구나……. 미안해……. 그러니까 슬슬 오빠에게서 떨어져 주지 않을래……?"

"싫어! 오빠가 퇴원할 때까지 안 떨어질 테야!"

어라? 뭘까…….

죽을 만큼 아픈데 좀 기쁜걸…….

이런 형태로밖에 확인하지 못하는 여동생의 사랑을 사무치게 실감하고 있으니 유나에 이어서 미즈키와 아야노가 허둥대며 나타났다.

이제 보니 셋 다 홀딱 젖어 있는 게 이 폭우 속에서 우산도 쓰지 않고 황급히 찾아왔다는 걸 알 수 있었다.

　아야노가 나에게서 유나를 떼어내며 말했다.

　"유나! 코우타는 아직 상처가 아물지 않았어!"

　"싫어어! 오빠랑 함께 있을 거야아아아아아!"

　"떼쓰지 말고! 이리 오렴!"

　"싫어어어어어어어어어어어어!"

　"왜 그렇게 고집을 부리니!"

　큰 목소리로 떼를 쓰는 유나를 잡아끈 아야노가 일단 병실에서 나갔다.

　소란을 피우던 유나가 없어지자 홀로 남겨진 미즈키가 어딘가 어색해 보이는 태도로 이쪽을 힐끗 보았다.

　"저, 저기…… 코우타……. 다친 데는 괜찮아?"

　"그럭저럭."

　"그, 그래? 다행이다……."

　의자에 앉은 미즈키는 평소의 발랄한 분위기는 온데간데없이 이쪽을 힐끗거리다가 허둥대며 눈을 내리깔았다.

　어쩔 수 없는 일이었다. 그런 일이 있었으니 평소처럼 행동할 수도 없는 노릇이겠지.

　"그러고 보니 조금 전까지 너희 누나가 있다 갔었어."

　"어?! 아카리 누나가?!"

　"응. 널 지켜줘서 고맙다던데."

　"그, 그랬구나…….《언니…… 일부러 와줬구나…….》"

　"근데 너도 섭섭하게 뭐냐. 누나가 학교의 이사장이라면 알려달라고."

"에, 에헤헤. 누나가 가급적이면 남에게는 말하지 말라고 했 거든……."

미즈키가 쓴웃음을 지으며 멋쩍다는 듯이 머리를 긁적였다.

그렇지만 여전히 어딘가 데면데면한 분위기가 있었다.

"류자키 츠쿠시와의 일이 신경 쓰여?"

"어……?"

살짝 숨을 삼킨 미즈키가 한숨 섞인 목소리로 말을 이었다.

"코우타…… 언제부터 눈치챘었어? 류자키 양이 유메미가사 키 양이 아니라 내 스토커였다는 걸……."

"찔리기 직전에. 류자키 츠쿠시는 전에 미즈키에게 고백했던 애들 중 한 명이지?"

"그랬던 모양이야……. 코우타는 대단하네. 그런 것까지 깨 달았구나……."

미즈키가 아래를 보았다.

"나도 나중에 누나에게 그 이야기를 들었는데……. 나 말이 지, 류자키 양을 전혀 기억하지 못하고 있었어……. 에헤헤. 나 진짜 못된 애지?"

류자키 츠쿠시는 1학년 때 미즈키에게 반해서 자신의 순수한 마음을 밝혔지만 전해지지 못했다.

평소에 감정을 겉으로 드러내지 않는 류자키 츠쿠시에게 있어 서 그게 얼마나 용기가 필요한 행동이었는지는 상상하기 어렵 지 않다.

하지만 미즈키의 입장에서는 그렇지 않았다.

류자키 츠쿠시는 수없이 많던 이름도 얼굴도 모르는데 고백해 오는 성가신 누군가 중 한 명에 지나지 않았다.

"그럴 수밖에 없잖아."

그렇게 말하자 미즈키가 고개를 갸우뚱 움직였다.

"그럴 수밖에 없다고……?"

"그래. 알지도 못하는 누군가가 보내는 호의는 솔직히 말해서 민폐일 뿐이니까."

"그, 그런 식으로 말하는 건……."

" '내가 이렇게 좋아하는데 어째서 나를 봐주지 않는 거야', '내가 좋아하니까 상대도 나를 좋아하겠지', '눈이 마주쳤으니 사랑이 시작된 거야', 이런 건 전부 스토커의 일방적인 착각에 지나지 않아."

"그건……."

"잘 들어. 고백이란 건 말이지, 거절당할 각오로 하는 게 아니야. 당사자들이 서로 좋아하다가 이제 슬슬 사귀어도 괜찮겠다는 확신을 가지고 나서 하는 거라고. 얼굴도 이름도 모르는 상대가 '잘하면 사귈 수 있을지도?' 라면서 하는 고백은 고백받는 상대를 조금도 배려하지 않는 독선적이고 자기중심적인 생각의 결과야. 그러니까 미즈키. 그런 이기적인 녀석들의 일방적인 마음에까지 네가 책임감을 느낄 필요는 전혀 없다고."

그렇게 말을 끝내자 미즈키는 입을 멍하니 벌리고 있다가 잠시 뒤 풉, 하고 웃음을 터트렸다.

"아하하! 고, 고백해 준 애에게 이기적이라니! 코우타는 그래서 인기가 없는 거야!"

"뭐?! 나, 나는 말이야, 너를 위로해주려고——."

"응. 알아."

똑바로 이쪽을 바라보는 미즈키의 눈에 나도 모르게 숨을 삼켰다.

이때까지 미즈키가 보여준 적이 없는 특별한 반짝임이 가득 담긴 시선이었다.

미즈키는 수줍게 생긋 미소 지으며 여느 때처럼 고개를 갸우뚱 움직였다.

"코우타, 고마워. 나를 지켜줘서. 《그렇구나…… 나. 코우타를 좋아하게 된 거야.》"

좋아하게 돼……?

……뭐요?

아, 아니, 잠깐 뭐라고?

좋아하게 됐다고?

그럴 리가 있나!

나, 나는 그저 네가 찔릴 뻔했을 때 감쌌다가 크게 다쳤어도 네 탓이 아니니까 탓하지 않았는데 네가 그걸 신경 쓰니까 다정한 말로 위로를 해줬을 뿐……인데……?

어라? 이상한걸…….

반할 요소밖에…… 없잖아……?

아니야, 아니야! 이건 뭔가 잘못된 거야!

왜냐면…… 왜냐면 나는 고백받으면 죽는다고!

아야노 한 사람만으로도 힘든데 여기서 한 사람이 더 늘어난다고?!

그런 거 아니지?!

분명 지금의 미즈키는 류자키 츠쿠시의 일로 조금 이상해져서 콩깍지가 낀 것뿐이지 사실은 나를 그렇게 좋아하지는 않을 터!

그렇다면 그 착각을 한시라도 빨리 정정해주는 게 친구잖아!

"있잖아, 미즈키. 침착하게 내 말 좀 들어봐."

"응? 뭔데?"

미즈키는 여느 때처럼 고개를 갸우뚱하며 마치 천사처럼 작게 미소 지었다.

귀, 귀여워…….

……헉?! 저, 정신 차리자!

지금은 넋 놓고 보고 있을 때가 아니야!

아무튼 조금이라도 나에 대한 평가를 떨어트려야 해!

"그게 말이야……. 이번에 나는 순간적으로 너를 감싸기는 했지만 실은 전혀, 조금도 미즈키를 지키자는 생각으로 그랬던 건 아니고, 그냥 뭐랄까, 뛰어들었더니 우연히 찔렸다고나 할까…….”

“《코우타…… 무의식중에 나를 류자키 양에게서 지켜준 거구나……. 역시 믿음직해…….》”

으아아, 아니에요…….

그게 아니라고요…….

“마, 맞다, 그게 아니라! 류자키 츠쿠시가 들고 있던 가위가 아는 브랜드의 제품이어서 확인해볼 생각에 뛰어든 거야! 그랬더니——.”

“《후후후. 코우타는 자신이 찔린 책임이 나에게는 없다고 말하고 싶은 거겠지. 옛날부터 코우타는 상냥한 애였는데 나는 왜 지금까지 깨닫지 못했던 걸까…….》”

무슨 말을 해도 나에 대한 호감도가 상승하기만 하잖아!

사랑에 빠진 소녀는 무적이라는 거냐, 망할!

아, 안 되겠다…….

지금의 미즈키가 나에게 가지고 있는 평가를 떨어트리려면 눈앞에서 성대하게 똥이라도 지릴 수밖에 없다…….

하지만 그것만큼은 내 안의 인간성이 참으라고 아우성치고 있고…….

이번 일로 올라가 버린 평가는 어떤 말을 해도 떨어트릴 수 없다.

그렇다면 미즈키가 이전부터 가지고 있던 나에 대한 평가를 떨어트리면 상대적으로 미즈키의 연심을 조속히 뿌리 뽑을 수 있지 않을까?

마, 맞다! 시스콤 남자는 여자들이 싫어한다고 유나가 가지고 있던 잡지에서 읽은 적이 있어!

에이잇, 될 대로 되라지!

이걸로 해보자!

"있잖아, 미즈키. 나 실은 상당한 시스콤이야. 유나가 없으면 못 산다고 할까, 유나가 세상의 중심 같다고 할까."

미즈키가 아무렇지도 않게 대답했다.

"응? 아는데?"

왜 아냐고!

금시초문이다만?!

"유나는 귀여우니까. 언제나 밝은 아이기도 하고 어제도 오늘도 코우타를 무척 걱정하던걸."

유나가 너무 착한 애라서 나에 대한 호감도가 떨어지질 않아!

역시 내 여동생!

이, 이게 안 먹힌다면…….

"그, 그리고 말이야, 저기…… 성적 취향도 좀 특이하다고 할까…… 뭐라고 할까…….."

"전에 스타킹 좋아한다던 거 말이야? 아하하! 그 정도는 평범하지 않아? 우리 반의 이이다 군은 더 위험한 취향이라더라!"

앗! 이거 이미 들킨 거였잖아?!

그리고 나중에 나에게도 이이다의 취향을 알려주렴!

실패다……. 미즈키와는 1학년 때부터 친구였던 만큼 이제 와서 나에게 실망할 새로운 정보를 줄 만한 게 없어…….

어쩌지……. 어떻게 해야…….

……잠깐, 잘 생각해봐라.

미즈키는 지금 남장을 하고 자신이 여자라는 사실을 숨기고 있다.

그런 상태로 고백 같은 걸 할까……?

아니! 절대로 안 한다!

설령 나에게 반했더라도 우선은 자신의 정체를 밝히고 나서 고백하려고 할 터!

요컨대 내가 미즈키의 정체를 깨달았다는 걸 들키지 않는 한 은 미즈키에게 고백받을 걱정은 하지 않아도 된다는 말이다.

……뭐, 솔직히 말해서 반하지 않는 게 가장 좋기는 하지만 그 제약이 있는 한은 내 안전은 보장된다.

끄으응……. 이런 게 된 이상은 오기로라도 미즈키의 정체를 깨닫지 못한 척할 수밖에 없겠는걸…….

그렇게 한 가지 결론에 이르렀을 때 느닷없이 의식이 끊어질 뻔하며 고개에서 힘이 빠졌다.

그런 내 모습을 보고 미즈키가 작게 웃었다.

"코우타, 혹시 졸려?"

"그러게……. 아까까지 자고 있었는데 말이야……."

"그럼 나는 다른 애들에게 가서 오늘은 이만 돌아가자고 말하고 올게. 그러니 코우타는 이만 자."

"그, 그래……? 뭔가 미안한걸……. 모처럼 와줬는데."

"미안하긴 뭘 미안해! 지금은 푹 자고 빨리 나아야지!"

한 번 의식하게 된 잠기운은 거스를 수 없는 수마로 변해갔다.

"그럼 미안하지만……. 조금만 잘게……."

"응. 잘 자, 코우타."

살짝 손을 흔드는 미즈키의 모습을 마지막으로 확인하며 나는 조용히 눈을 감았다.

◇ ◇ ◇

덜그럭거리는 소리가 나며 누군가가 침대 옆에 있는 의자에 앉는 기척이 느껴졌다.

누구지……?

아픈 탓인지, 아니면 요 며칠간의 피로가 몰려든 탓인지는 모르겠지만 눈을 떠서 확인하고 싶다는 생각도 들지 않았다.

그럴 때 의자에 앉은 이의 속마음이 귀에 들려왔다.

"《하아……. 유메미가사키 양과 유나를 부르러 갔더니 설마 식당에서 밥을 먹고 있을 줄은 몰랐어……. 먹고 있었던 건 유나뿐이었지만……. 이런 시간에 먹고 저녁밥도 먹을 수 있으려나……?》"

울다 지치니까 바로 배가 고파지다니 우리 여동생 너무 애 같지 않나?

오빠는 네 장래가 걱정되는구나…….

아무래도 목소리의 주인은 미즈키인 듯한데 두 사람을 부르러 갔다가 바로 돌아온 모양이었다.

미즈키에게는 미안하지만 이대로 한숨 자도록 하자…….

그렇게 돌아온 미즈키에게 말을 붙이지 않고 그대로 잠들려고 했다.

의식이 천천히 흐려져 가는 가운데 미즈키의 속마음이 드문드문 들려왔다.

"《그러고 보니……. 전에도 이렇게 코우타와 단둘이 있게 된 적이 있었지…….》"

단둘이……?

언제 이야기지……?

"《그때…….》"

…………?

"《코우타가 내 가슴을 전부 만졌었는데…….》"

그때 말이냐!

미즈키의 속마음을 듣고 전에 양호실에서 있었던 일이 떠올랐다.

상반신을 벗은 미즈키를 목격하고 말아서 그걸 얼버무리기 위해 미즈키의 가슴을 만질 수밖에 없었던 날의 일이다.

지금 돌이켜 봐도 어째서 그런 결론에 이르렀는지는 잘 모르 겠지만 아무튼 잊고 싶어도 잊히지 않는 흑역사였다.

그날부터 한동안 양호실이라는 단어를 듣기만 해도 나도 미즈 키도 얼굴이 붉어져서 둘 다 터부로 기억 밑바닥에 매장했을 터 였다.

으윽……. 미즈키, 부탁이니까 그날 일을 떠올리게 하지 마…….

"《그때는 부끄럽기만 했을 뿐이었는데……. 혹시 지금은 그 때와는 다른 기분이 들려나……?》"

그딴 호기심은 내다 버려!

"《……아니, 이 바보야! 무슨 생각을 하는 거야?!》"

오, 오오…… 미즈키. 스스로 잘못된 생각을 바로잡을 수 있 게 되었구나. 너도 성장했다는 건가…….

"《……그래도 유메미가사키 양과 유나는 아마 한동안 돌아오 지 않겠지?》"

그걸 재확인하는 이유가 뭐냐…….

"《…………그럼 살짝만…… 살짝만이라면…….》"

──?!

스르륵 하고 옷이 스치는 소리가 나서 수상쩍은 마음에 한쪽 눈을 슬쩍 떠서 미즈키를 확인했다.

그러자 그곳에는 방금까지 입고 있던 교복 셔츠를 벗어 던지 고 가슴을 다 드러낸 미즈키가 얼굴을 붉힌 채 다소곳이 앉아 있었다.

　으응……? 얘 뭐 하는 거지……?

　이제 와서 실은 일어나 있었다며 깜짝쇼를 할 수도 없었기에 나는 크게 두근거리는 고동 속에서 실눈을 뜬 채 필사적으로 자는 척했다.

　"《버, 벗어버렸어…….》"

　그런 소릴 하고 있을 때냐고! 빨리 옷이나 입어!

　"《저기, 그러니까……. 아, 맞다! 이, 이건 비에 젖은 교복이 싫어서 가방 속에 든 체육복으로 갈아입으려는 것뿐이니까!》"

　누구에게 변명하는 건데?!

　"《그, 그러므로 내가 여기서…… 여기서 가슴을 내놓고 있는 건 이상한 게 아니야!》"

　뭐가 안 이상해! 변태 같다고!
　왜 그렇게 걸핏하면 가슴을 내보이는 거야? 버릇이야?

"《마, 만약 지금 여기서 코우타가 깨어나면 어떻게 되려나⋯⋯. 저번처럼 가슴을 만지게 해서 얼버무릴 수 있을까⋯⋯. 으, 응⋯⋯. 코우타는 둔감하니까 분명 괜찮⋯⋯겠지?》"

너 역시 나를 깔보고 있지 않아?! 그렇지?!

"《뭔가, 엄청 콩닥거리는데⋯⋯ 이건 역시 내가 코우타를 좋아하기 때문이겠지⋯⋯.》"

으악! 친구가 가슴 노출하며 흥분하고 있어!
누가 좀 도와줘! 이 병실에 변태가 있다고!

"《빨리 체육복으로 갈아입자⋯⋯. 이런 모습을 누군가가 본다면 완전히 변태로 오해할 거야⋯⋯.》"

나는 이미 확신하고 있어!
미즈키! 너는 틀림없는 변태야!

"《⋯⋯그, 그래도 마지막으로 살짝만⋯⋯ 그때처럼⋯⋯ 코우타의 손을 가슴에⋯⋯.》"

나를 끌어들이지 말라고!

"《괜찮을 거야! 이 감정이 정말로 사랑인지 어떤지를 확인하는 것뿐이니까! 저번보다 가슴이 뛰는지 어떤지를 확인해보는 것뿐이니까!》"

좀 더 제대로 된 판별법을 검토해 봐!

"《코우타를 깨우지 않도록 조심스럽게 하자…….》"

아까부터 깨어 있었거든…….

"《에, 에헤헤……. 살짝만…… 살짝만 할 테니까……. 걱정하지 마……. 코우타가 잠든 사이에 전부 끝날 테니까…….》"

그 이상 다가오면 소리 지른다?! 지, 진심이라고!

"《코우타의 손을…… 가슴에……. 코우타의 손을…… 가슴에…….》"

안 되겠다……. 흥분한 나머지 제정신이 아니야…….

이제 모든 것을 포기하고 옆에 앉는 변태에게 몸을 맡길 결심을 했을 때 느닷없이 병실 문이 드르륵 하고 열리는 소리가 났다.

"흐엑?!"

조심스럽게 내 오른손으로 손을 뻗고 있던 미즈키가 그렇게 놀란 목소리를 내며 문 쪽을 돌아보았다.
"《어쩌지?! 누, 누가 들어왔어!》"
그나마 미즈키가 지금 앉아 있는 위치에서는 샤워실이 가로막고 있어서 직접 보이지 않았다.
그래서 방금 들어온 누군가도 미즈키의 모습은 보지 못한 상황이었다.
하지만 발소리는 또각또각 소리를 내며 착실하게 이쪽으로 다가오고 있었다.
"《큰일이야! 빠, 빨리 옷을 입어야 하는데?! ——으응?! 어딨어?! 방금 벗은 옷이 어디 갔지?! 으아아아아아아아아아! 망했어! 망했어! 이런 모습을 들키게 되면 내 인생은 끝이야! 만약 유메미가사키 양이라면 내가 여자라는 걸 들키고 말 텐데?!》"

이런 좁은 방에서 셔츠를 잃어버리지 말라고!

이런 게 자업자득인가 싶어서 눈물이 앞을 가렸지만 지금의 나는 잠든 척하는 것밖에 할 수 있는 게 없었다.
아, 아무튼 빨리 옷부터 찾아! 못 찾겠으면 확실하게 가방에 들어있을 체육복을 입고!
마음속으로 그렇게 외쳐봤지만 물론 미즈키에게 전해지는 일은 없었다.

"《으아아아아아아! 이, 이젠 끝이야! ──아! 마, 맞다!》"

다음 순간 발소리가 근처까지 오더니 아야노가 얼굴을 빼꼼히 내비쳤다.

"응? 사이온지 군은 안 돌아왔나 보네?"

아야노의 눈에는 미즈키의 모습이 보이지 않았다.

왜냐하면 미즈키는 간발의 차이로 침대 옆에 설치된 옷장 속에 몸을 숨겼기 때문이다.

내부가 보이지 않는 옷장 속에서도 혼란에 빠져 감정이 요동치고 있는 미즈키의 속마음은 똑똑하게 들려왔다.

"《위, 위험해라! 가까스로 아슬아슬하게 옷장 속에 숨었어! 그, 그렇지만…… 결국 옷을 입지 못했잖아!》"

나는 계속 자는 척해서 상황을 이 이상 복잡하게 만들고 싶지 않았기 때문에 방금 깬 것처럼 연기하며 아야노를 보았다.

"어, 어어, 아야노. 유나는 어딨어?"

"아, 미안해. 잤었어? 유나는 식당에서 카레를 한 그릇 더 먹는 중이야."

무럭무럭 건강하게 잘 자라는구나…….

"그, 그래? 아하하."

"코우타? 왜 그래? 좀 이상해."

"어어?! 아, 아니, 그야 옆구리를 찔리면 누구라도 이상해지지!"

그렇게 말하며 얼버무리자 시무룩해진 아야노가 눈을 내리깔았다.

"아, 아야노……?"

고개를 숙인 아야노의 표정이 잘 보이지 않아서 옆으로 숙이며 들여다보니 놀랍게도 아야노의 눈에는 눈물이 그렁그렁 맺혀 있었다.

"어?! 아, 아야노?! 무슨 일이야?! 왜 우는 건데?!"

아야노가 오열했다.

"아, 안…… 히끅…… 울었어!"

뭐, 뭐야, 내가 잘못 본 건가.

……라고 하겠냐!

아니, 대놓고 울고 있잖아!

오열하고 있잖아!

"으아아, 왜 그러는데. 배 아파? 간호사 부를까?"

"그런 거 아니야!"

아야노는 그렇게 버럭 소리치더니 마치 어린애처럼 양손으로 눈을 벅벅 닦았다.

"그, 그게…… 내가…… 히끅…… 내가 류자키 츠쿠시의 집에 가보자고 해서…… 그래서 코우타가 찔려서…… 히끅…… 내가 그런 소리만 안 했으면…… 코우타가 찔리는 일도 없었을 텐데……."

분명 내가 찔려서 의식을 잃고 있는 사이에도 줄곧 자기 자신을 탓하고 있었을 것이다.

아야노는 우는 걸 감추려고도 하지 않고 미안하다며 꺼져 들어가는 듯한 목소리로 몇 번이나 말했다.

"그럴 리가 없잖아."

"코우타……?"

새빨갛게 부은 눈으로 아야노가 이쪽을 보았다.

"그때 류자키 츠쿠시가 미즈키를 찌르려고 했던 건 자신의 정체를 들켜서 자포자기한 탓일지도 모르지만 그 일로 아야노가 자기 자신을 탓할 필요는 전혀 없어. 전부 류자키 츠쿠시가 나쁜 거잖아. 그걸 착각하지는 마."

"그, 그치만……."

"거기에 우리도 류자키 츠쿠시의 집에 가보자는 제안을 받아들였고. 아야노 혼자서 결정한 건 아니잖아?"

"…………."

납득이 되지 않는지 아야노는 다시 시무룩하게 눈을 내리깔았다.

아야노의 머리 위에 살짝 손을 올리자 아야노는 조금 쑥스러워하며 시선을 돌렸다.

"그리고 말이야, 아야노——."

그렇게 부르자 아야노의 시선이 다시 이쪽을 향했다.

가능한 내 마음이 전해지도록 그 눈을 지그시 바라보았다.

"——나는 너를 위해서라면 언제라도 몸을 내던질 거야. 그러니까 그런 걸 일일이 신경 쓰지 마."

아야노는 뭔가 대답하려고 몇 번이나 입을 뗐지만 결국 한마디도 하지 않았다.

대신 기쁜 마음을 곱씹듯이 입가를 떨고 있는 아야노의 속마음이 직접적으로 전해져 왔다.

"《코, 코우가 나를 위해 몸을 내던진대! 나 때문에 코우가 다쳐서 계속 사과해야 하는데…… 으으, 어, 어쩌지?! 너무 기뻐서 웃음이 나올 것 같아! 코우의 얼굴을 제대로 볼 수가 없어!》"

그렇게 좋아하면 쑥스러워지는데…….

아야노의 반응에 이쪽도 뭔가 낯간지러워져서 그걸 얼버무리려고 아야노의 머리를 난폭하게 쓰다듬었다.

그러자 아야노가 내 팔을 양손으로 밀치며 말했다.

"뭐 하는 거야!"

"아하하. 너 머리 엉망이야."

"코우타가 그랬잖아! 정말이지!"

그렇게 불평하며 아야노가 손으로 머리카락을 빗었다.

불평하고는 있지만 말과는 반대로 아야노의 속마음은 기쁜 기색으로 가득했다.

"《후후후! 코우가 머리를 쓰다듬어줬어! 앗! 방금 번뜩했어! 새로운 소설의 아이디어가 번뜩했어! 망상할 게 너무 많아! 후후후. 오늘 밤은 못 자겠는걸~.》"

일이 순조로운 것 같아서 다행이네…….

눈앞에서 아는 사람이 찔리면 누구라도 충격을 받을 것이다.

그렇지만 이 분위기로 봐서 아야노는 이제 괜찮을 것 같았다.

"아야노. 오늘은 문병 와줘서 고마워. 나도 오늘은 피곤하니까 푹 쉬기로 할게."

"알았어. 그럼 유나를 데리고 일단 집에 돌아갈게."

"미안해. 여동생이 폐를 끼치네……."

"이 정도는 괜찮아. 《유나는 내 여동생이기도 하니까.》"

네 여동생 아니거든.

"아, 그런데 사이온지 군은 어디 간 걸까? 여기에 가방만 놔둔 모양인데……."

"그, 그러게. 아야노랑 엇갈린 게 아닐까?"

아야노를 일단 병실에서 내보낸 뒤 나는 화장실에 틀어박힌다.

그러면 그 틈에 옷장에 틀어박힌 미즈키가 나와서 옷을 입는다는 계획이었다.

실은 아까부터 미즈키의 당황한 속마음이 배경 음악처럼 들려오고 있단 말이지…….

나오는 타이밍은 실수하지 말고…….

"아야노, 유나 좀 보고 와줄래? 혼자 내버려 두면 한도 끝도 없이 먹을 것 같으니……."

"그러게……. 저번에 번화가에 있는 푸드 파이터 단골 가게에서 블랙 리스트에 오를 때까지 먹었다고 했었으니 내버려 두면 병원식까지 손을 댈지도 모르겠어……."

"뭐냐, 그 정보는……. 집에서는 그렇게까지 안 먹었을 텐데……."

"어머? 유나가 대식가인 건 유명한데? 함께 길을 걷다 보면 전혀 모르는 사람이 먹을 걸 주기도 하는걸. 아마 그런 식으로 밖에서 먹고 오다 보니 집에서는 그렇게까지 안 먹는 게 아닐까?"

"뭐? 내 여동생이 길고양이처럼 사람들에게 밥을 얻어먹고 있다고? 무진장 부끄럽다만……."

"식비도 아끼고 괜찮지 않아?"

다들 유나에게 너무 무르지 않나?

그런 대화를 나눈 뒤에 아야노가 "그럼 유나에게 갔다 올게." 하고 의자에서 일어나다가 뭔가를 보았는지 "어머?" 하고 침대 아래로 시선을 보냈다.

아야노를 따라 나도 그쪽으로 시선을 내렸다.

그러자 미즈키가 아까 벗어 던진 셔츠 자락이 침대 아래에서 얼핏 보였다.

미, 미즈키이이! 네 셔츠 찾았어어어어!

최악의 타이밍에 말이지!

아야노가 의아한 표정으로 그 셔츠를 집어 들었다.

"이거…… 코우타의 옷은 아니지? 《왜냐면 코우의 냄새도 안 나고!》"

네가 개냐!

"《게다가 코우의 옷은 구멍이 나서 내가 책임지고 챙겨갔는걸!》"

나와 너의 '책임'이라는 단어의 의미가 크게 다른 듯한 기분이 든다만…….

"아, 아하하~. 아, 아마 미즈키의 옷이 아닐까? 저기에 가방도 있으니까."

"으응. 아니야…….."

"아니라고……?"

"그치만 이거 여자 냄새가 나는걸!"

뭐, 뭐라고?!

아야노, 그건 진짜로 미즈키의 셔츠라고!

그 셔츠에서 여자 냄새가 나는 건 미즈키가 여자라서고!

그런 설명을 할 수 있을 리도 없었기에 잠자코 있으니 아야노가 반쯤 자포자기한 것처럼 주워든 셔츠를 나에게 들이밀었다.

"코우타! 이거 누구 셔츠야?! 《밀실에서 여자가 셔츠를 벗었다니……. 완전히 그랬다는 거잖아! 이, 이렇게 파렴치할 수가!》"

그러긴 뭘 그래!

내 셔츠를 무단으로 가지고 돌아간 네가 훨씬 파렴치하거든?!

주의사항 네 번째, 『사용자에 대한 이성의 호감도가 급격히 저하되어 부정적인 감정이 비대화 되면 그에 비례해서 속마음의 음량이 커지며 사용자에게 두통이 발생한다. 악화되면 죽는다』.

이 효과에 따라 아야노의 마음속 목소리가 커지며 마치 가시처럼 내 귀에 파고들었다.

"윽?!"

오랜만에 느낀 엄청난 통증에 시야가 일그러진 것처럼 보였다.

어, 어떻게든 아야노를 진정시켜야 해!

"아, 아야노! 잘 봐 봐! 그거 남자 옷이잖아!"

"남자 옷……? 그렇게 보이기는 한데……. ——헉?! 《그, 그렇다는 건 코우는 여자에게 남자 옷을 입히고 그걸 벗기는 걸 즐기는 특이한 취향이라는 거야?! 으으……. 내가 지금까지 그걸 몰랐다니…….》"

멋대로 나를 특수 페티시 보유자로 만들지 마!

동요한 아야노의 속마음이 들려올 때마다 머리가 얻어맞은 것처럼 아팠다.

그때마다 류자키 츠쿠시에게 찔린 옆구리에서도 격통이 퍼졌다.

이쪽은 아직 상처가 아물지도 않았다고! 이대로는 진짜로 위험해!

그, 그렇지! 전에 아야노에게 고백받을 뻔했을 때처럼 아야노의 의식을 다른 데로 돌리면 어떻게든 될지도 몰라!

뭔가…… 화제는…….

아야노의 신경을 다른 데로 돌릴 수 있는 화제가 없을까 싶어서 기억을 돌이켜 보니 내가 찔린 직후에 본 광경이 떠올랐다.

그러고 보니 그때…….

"있잖아, 아야노……. 좀 물어보고 싶은 게 있는데……."

"뭔데? 이 셔츠가 누구 건지 말할 생각이 들었어?"

"아니, 그런 게 아니라."

"그럼 뭔데?"

"아야노, 내가 찔렸을 때 말이야, 나를 '코우'라고 부르지 않았어?"

그렇게 물어보자 아야노는 굳어버린 것처럼 잠시 움직임을 멈추더니 갑자기 허둥대며 시선을 피하기 시작했다.

"그그그그그, 그럴 리가! 내내내, 내가 코우타를 그렇게 부를 리가 없잖아!《안 돼! 그때 깜짝 놀란 나머지 '코우'라고 부른 게 생각났어! 이, 이대로는 내가 코우타를 마음속으로 줄곧 '코우'라고 불렀던 걸 들키고 말아!》"

응…… 뭐…….

그건 상당히 예전부터 알고 있었지만…….

아야노가 이렇게 동요하는 걸 보니 아무래도 먹힌 모양인걸.

이대로 어떻게든 아야노의 의식을 셔츠에서 떨어트려야 하는데…….

그렇게 생각한 직후에 아야노가 들고 있던 셔츠를 내 쪽으로 들이밀었다.

"그, 그보다도! 이 셔츠는 누구 거냐니까?! 확실하게 말해! 《이 이상 내가 '코우'라고 불렀던 걸 언급하지 못하도록 코우의 의식을 이 셔츠에 못 박아둬야 해!》"

아니?! 내가 쓰려고 했던 수법을 선수 치다니?!

이, 이대로 질 것 같아?!

"아니, 그게 중요한 게 아니라 '코우'――."

"중요한 게 아니라니! 벗어놓은 셔츠에 대해 설명해달라니까?! 《히익! 그 이야기는 하지 말라니까!》"

"그, 그러니까 그――."

"셔츠에서 여자 냄새가 난단 말이야! 코우타의 셔츠는 좀 더 땀 냄새가 나는걸!"

야, 얌마……. 그렇게 말하면 네가 내 셔츠 냄새를 기억한다고 자백하는 꼴이잖아…….

그런 데까지 생각이 미치지 않을 정도로 동요했다는 건가…….

이, 이 이상 무덤을 파면 긁어 부스럼이 될지도 모르겠는데…….

그렇다고 이대로 방치했다가 계속 셔츠의 정체를 따지면 그 두통으로 죽을 위험성마저 생기고…….

생각하자……. 생각해 내는 거야……. 이 상황을 타개할 비책을…….

그렇게 식은땀을 흘리고 있으니 갑자기 옷장 안에서 미즈키의 속마음이 들려왔다.

"《으아아아아! 크, 큰일이야! 내 셔츠 때문에 큰일 나 버렸어!》"

그러게 말이다!

"《아아아아아! 난 바보야! 바보! 바보! 왜 이런 곳에서 셔츠를 벗어버린 거냐구!》"

그러게 말이다!

"《으…… 이대로라면 코우타가 괜한 의심을 받아서 유메미가사키 양에게 들들 볶일 텐데………… 응? 이거 혹시——.》"

그 뒤에 이어진 미즈키의 속마음을 듣고 나는 될 대로 되라는 듯이 손을 번쩍 들어서 옷장을 가리켰다.

그런 나를 보고 아야노가 눈살을 찌푸렸다.

"뭔데? 옷장이 왜? 그런 것보다도 이 셔츠——."

"자, 잠깐만 아야노! 방금 옷장에서 소리가 나지 않았어?!"

"……소리?"

그러자 다시 옷장 안에서 미즈키의 속마음이 울려 퍼졌다.

"《으아아아아! 드, 들켰어!》"

내 말을 의심하는 건지 아야노가 수상쩍다는 듯이 말했다.

"뭔데? 말 돌리려고 해도 소용없어."

"말을 돌리는 게 아니라 정말로 소리가 들렸다니까!"

"정말이야……? 나는 아무 소리도 못 들었는데……."

"아무튼 한 번 확인해봐! 쥐라도 있으면 큰일이잖아!"

"쥐……? 《쥐는 병균을 가지고 있다 → 병균을 가진 쥐가 병실에 있으면 같은 병실에 있는 코우에게도 병균이 옮는다 → 병균으로 코우가 죽는다.》"

아야노는 그때까지 나에게 가지고 있던 불신감은 어디로 갔는지 믿음직스럽게 가슴을 펴며 옷장을 돌아보았다.

"내가 처리할게. 나는 코우타의 소꿉친구니까."

아, 아야노 씨 너무 멋져…….

그런데 사고방식이 너무 안이하지 않나…….

아야노가 "자! 이리 나와! 내가 퇴치해주겠어!" 하고 옷장 손잡이를 잡았다.

옷장 안에서 미즈키의 비통한 속마음이 흘러나왔다.

"《으악! 위험해위험해위험해!》"

그런 미즈키의 속을 알 리가 없는 아야노가 무정할 정도로 메마른 소리를 내며 옷장 문을 세차게 당겼다.

그리고 옷장 안에 들어가 있던 미즈키를 보고 아야노가 작게 비명을 질렀다.

"꺅?! 사, 사이온지 군?! 이런 데서 뭘 하는…… 응? 그 차림…… 설마 너——."

미즈키의 모습을 찬찬히 훑어보던 아야노가 질책하는 것처럼 말을 이었다.

"──코우타가 갈아입을 옷을 마음대로 입은 거야?!"

아야노의 말대로 옷장 안의 미즈키는 상반신을 탈의한 상태……가 아니라 내가 갈아입을 환자복을 위에 걸치고 있었다.

직전에 들린 미즈키의 속마음을 통해 미즈키가 옷장 안에서 환자복을 발견한 건 알고 있었다.

미즈키가 바로 환자복을 입어줄지 어떨지는 도박이었지만 이 이상 아야노의 속마음을 듣고 있을 여유도 없어서 될 대로 되라는 심정으로 옷장에 있는 미즈키의 존재를 이쪽에서 밝힌 것이다.

그리고 아무래도 미즈키는 내가 기대한 대로 곧장 환자복을 입어준 모양이었다.

엉뚱한 지적을 하는 아야노를 보며 미즈키가 쓴웃음을 지었다.

"아, 아하하……. 미안. 셔츠가 비로 젖었으니까…….""

"셔츠? 응? 혹시 저거 사이온지 군의 셔츠야?"

"으, 응. 맞는데…….""

"아……. 그랬구나……. 《어라? 셔츠의 냄새로 보아 분명히 여자 옷이라고 생각했는데……. 이상하네…….》"

선입관이란 무서운걸.

눈앞에 있는 녀석에게서 똑같은 냄새가 난다는 걸 깨닫지 못하니까…….

나는 그럴 줄 알았다는 것처럼 이때다 하고 떠들었다.

"거 봐! 미즈키의 옷이라고 했잖아! 나 참, 나를 조금은 믿어 주지 그러냐."

"……으, 응. 미안해."

사실은 아야노의 후각이 옳지만 그런 걸로 해두자.

왜냐하면 그게 가장 평화로워지는 방법이니까.

시무룩해진 아야노가 다시 미즈키 쪽을 보았다.

"……그건 그렇고 사이온지 군은 왜 옷장 안에 숨어있던 거야?"

응. 뭐…… 물어보겠지.

힘내라, 미즈키! 너의 말발로 어떻게든 이 상황을 극복하는 거야!

미즈키는 "아, 그게…….'' 하고 노골적으로 시선을 피하다가 떠올랐다는 것처럼 양손을 펼치며 큰 소리로 말했다.

"서, 서프라이즈~!"

대체 무슨 목적으로 누구를 위한 서프라이즈인 건지…….

그 썰렁한 변명에 아야노가 금세기 최대급의 날카로운 눈으로 말했다.

"그래? 하나도 재미없었어."

자비라고는 찾아볼 수 없는 한마디였다.

장난스럽게 얼버무리려고 했던 만큼 비수가 되어 가슴에 꽂혔는지 미즈키는 "미안······. 재미없는 애라서······." 하고 살짝 울상이 되었다.

분명 아야노는 자신의 이야기를 숨어서 듣고 있었던 것에 격노한 걸 테니 당연한 반응이기도 했다.

힘내라, 미즈키. 너에게도 언젠가 잘 풀리는 날이 있을 거야.

이렇게 일련의 스토커 사건은 막을 내렸다.

에필로그

　그로부터 2주간 입원해 있던 나는 어제 겨우 퇴원했다.

　입원해 있는 동안 하루도 빠짐없이 아야노, 미즈키, 유나 세 사람이 들이닥쳐서 야단법석이었다.

　당연히 기쁘기는 했지만 솔직히 매일 찾아오는 건 참아줬으면 했다.

　특히 유나는 매일 면회 시간이 지나도 돌아가려 하지 않아서 그때마다 간호사가 목덜미를 잡고 끌어냈다.

　유나도 상당히 브라콤이란 말이지…….

　빨리 좋은 사람 만나서 결혼해주지 않으려나…….

　그리고 놀랍게도 입원비는 전부 미즈키의 언니인 이사장이 내줬다.

　역시 부자. 통이 크다.

　오늘도 수업이 시작되기 전에 카구라네코 신사에 들렀다.

　겨우 도착했는데…… 응? 우오?! 이게 뭐지?!

　경내의 참배길에 쭉 늘어서 앉아 있던 고양이들이 나를 보자마자 떠들썩하게 울어댔다.

　아마도 내가 양손에 들고 있는 비닐봉지의 내용물을 얻어먹으려고 이렇게 줄지어 있는 거겠지.

아……. 역시 류자키 츠쿠시를 잡아준 건 유료 서비스였구나…….

선물을 준비해오길 잘했다…….

봉지에서 츄르를 꺼내 한 마리 한 마리씩 나눠줬다.

츄르를 건네받은 고양이들은 살짝 고개 숙여 인사한 뒤 총총히 자리를 떴다.

예의 바른 고양이들인걸…….

분명 네코히메 님이 아니라 뱌쿠야를 보고 배운 거겠지…….

그렇게 모든 고양이에게 츄르를 나눠줬을 때 새전함 위에 떡하니 앉아 있는 네코히메 님과 네코히메 님의 머리 위에 자리 잡은 뱌쿠야가 눈에 들어왔다.

네코히메 님이 팔짱을 끼며 말했다.

"므흐흐. 선물을 산더미처럼 가져오다니 좋은 마음가짐이로구나!"

"뭐……. 일단은 범인을 잡아주셨으니까요……. 그렇지만 네코히메 님이 처음부터 고양이들에게 스토커를 잡아 오라고 시키셨으면 저도 찔리지는 않았을 텐데 말이죠."

"으음……. 어차피 애들 장난이라 생각해서 뒤로 미룬 건데 설마 코우타가 찔릴 줄은 나도 몰랐구나……. 반성하마……."

오. 웬일로 순순히 반성을 다 하시고.

"그래서 말이다. 사죄하는 김에 내 능력을 하나 보여주마."

"능력……? 어? 고양이들이랑 말하는 것 말고도 할 줄 아는 게 있으세요?"

"뭐라?! 이, 이놈이! 처음에 만났을 때도 너를 허공에 띄우거나 빗방울을 정지시키거나 하지 않았더냐! 내가 신 같은 모습을 보여줬던 걸 감쪽같이 잊지 말아라!"

신 같은 모습…….

그거 신 본인은 절대로 하지 않을 말 아닌가…….

네코히메 님은 작게 헛기침을 하더니 나에게 손짓을 했다.

"가까이 와보거라."

"예?"

"군말 말고 냉큼 오지 못하겠느냐."

"아, 예……."

시키는 대로 눈앞까지 가자 네코히메 님이 내 교복 자락을 들추더니 막 아문 수술 자국을 노출시켰다.

의사의 말에 따르면 이 흉터는 안 없어지는 모양이었다.

뭐, 목숨을 건진 것만으로도 감지덕지다만.

뭘 하는 건가 싶어서 지켜보고 있으니 네코히메 님이 혀를 내밀어 수술 자국을 낼름 핥았다.

꺼슬꺼슬한 혀의 감촉이 수술 자국을 핥고 지나가자 묘하게 간지러웠다.

"저기…… 네코히메 님? 대체 뭘 하시는—— 어?!"

보니까 방금까지 있던 수술 자국이 깔끔하게 사라져 있었다.

네코히메 님이 의기양양하게 말했다.

"보거라! 어떠냐! 이 정도의 흉터는 내가 한순간에 치유할 수 있느니라!"

"대단해요! 신 같아요!"

"신이다!"

"……그런데 이런 능력이 있다면 제가 2주나 입원할 필요는 없지 않았나요."

"나는 모르는 일이다. 신사에 오지 않은 네 잘못이 아니더냐."

"네코히메 님에게 이런 능력이 있는 줄 몰랐다고요……. 거기에 네코히메 님 쪽에서 와주시면 되잖아요."

"이 멍텅구리야! 나는 이 신사에서 나가지 못한단 말이다! 네가 와야지!"

"그래도 뱌쿠야를 통해 편지를 보내시는 등의 방법도 있었잖아요."

"이 멍텅구리가……. 이…… 이…… 멍텅구리가!"

틀림없이 거기까지는 생각 못 했겠지…….

어째서 이런 허술한 신의 말에 속아 넘어가서 그 사탕을 먹어 버린 걸까…….

그때의 나를 한 대 치고 싶다…….

……다만 그렇다고는 해도 이번에도 이 황당한 능력 덕분에 미즈키를 구할 수 있었으니 결과적으로 보면 다행이었다고 생각하지 못할 것도 없었다. 그렇게라도 생각하지 않으면 버티지 못할 것 같다.

내 수술 자국이 깨끗하게 사라진 것을 확인한 네코히메 님이 만족스럽게 고개를 주억거리며 말했다.

"좋아. 이걸로 이번에 내가 했던 실수는 없었던 일이 된 게지? 후우. 전부 해결되었구나."

"……예? 아니, 뭐가 없었던 일이 됩니까. 가위에 찔렸다고 요. 위치가 안 좋았으면 죽었을지도 모르거든요?"

"음? 가위에 찔렸다고? 그런 증거가 어디 있느냐?"

"그러니까 여기에…… 아니, 그건 방금 네코히메 님이 없앴 잖아요!"

"대체 무슨 소린지. 증거도 없으면서 생트집을 잡는 건 못 들 어주겠구나."

이 요괴 고양이가…….

"아, 그러세요. 그럼 이제 네코히메 님에게는 선물 안 드릴 겁 니다."

"뭐라?! 이, 이봐라, 그런 말이 어딨느냐! 거기 서지 못하겠느 냐!"

결국 네코히메 님이 비닐봉지를 놓아주질 않아서 어쩔 수 없 이 츄르를 주고 뱌쿠야를 한 번 쓰다듬어준 뒤에 카구라네코 신 사를 뒤로했다.

학교로 가는 길에 불현듯 어떤 의문점이 해결되지 않았던 게 생각났다.

그러고 보니…… 아야노가 사인회 직후부터 누군가가 따라다니고 있는 듯한 기척을 느꼈다고 했던 건 결국 어떻게 된 거지?

류자키 츠쿠시가 행동을 일으킨 이유는 아야노와 미즈키가 영화관에서 함께 있는 모습을 목격하고 뒤늦게 나타난 아야노에게 미즈키를 빼앗겼다고 착각했기 때문이다.

그렇다면 그 이전부터 아야노가 느꼈다는 자기를 따라다니는 듯한 기척의 정체는 대체…….

뚜르르르르. 뚜르르르르.

핸드폰 벨소리가 나서 화면을 확인해보니 사이코 씨의 이름이 표시되어 있었다.

사이코 씨가……? 무슨 일이지?

화면을 터치해서 받아보니 어딘가 나른하게 느껴지는 사이코 씨의 목소리가 들려왔다.

『여보세요? 키리기리인데 코우타 군 맞니?』

"예. 무슨 일이세요?"

『그게 말이지, 저번 일을 이쪽에서 좀 알아봤는데 이제야 범인이 털어놨거든.』

"저번 일요……?"

맞다. 아야노의 스토커에 관한 일로 사이코 씨에게도 전화를 걸었었지.

그때는 짚이는 사람이 있다고 했던 것 같은데…….

사이코 씨가 황당하다는 듯이 한숨 섞인 목소리로 말했다.

『아야노의 스토커 말인데, 범인은 카이도 이치카 선생님이셨어.』

"……예?"

『딸인 아야노가 지금은 어떻게 생활하고 있는지 궁금해서 몰래 뒤를 밟으셨다나 봐. ……정말이지, 사람 놀라게 말이야.』

"그런 건 그냥 본인에게 직접 물어보면 되잖아요."

『아하하! 그 커뮤니케이션 능력 제로이신 카이도 선생님에게는 무리지!』

확실히 하나에 아줌마는 그런 걸 잘 못 하실 것 같긴 하네…….

『그래서 가끔 그렇게 아야노의 뒤를 밟으며 몰래 지켜보신 모양이야.』

"그, 그랬군요…….''

그런 이유로 이야기가 복잡해진 거였나…….

진짜로 이런 건 좀 참아주세요…….

『아무튼 카이도 선생님에게는 이쪽에서 엄중하게 주의를 줬으니 이제 마음대로 아야노의 뒤를 밟거나 하지는 않으실 거야. 그러니 안심해도 돼.』

"그, 그런가요…… 알겠습니다. 알아봐 주셔서 감사합니다."

『이쪽이야말로 아야노를 신경 써줘서 고마워. 또 무슨 일 있으면 바로 알려주렴. 그럼 이만 끊을게.』

그렇게 전화가 끊어지자 나는 심히 허망한 기분이 되었다.

학교에 도착하자 여느 때와 같은 풍경이 펼쳐져 있었다.

마치 내가 가위에 찔린 사건은 없었던 일인 것처럼…….

그로부터 미즈키를 통해 들은 이야기에 따르면 결국 내가 가위에 찔린 그 사건은 미해결 이전에 수사도 시작되지 않았다고 한다.

사이온지 가문의 힘이 무섭다…….

범인인 류자키 츠쿠시는 이사장이 보장하는 갱생 시설로 보내진 모양이었다.

이사장은 소중한 여동생인 미즈키를 노린 류자키 츠쿠시에게 머리끝까지 화가 난 모양이었지만 그래도 교육자라고 명언한 이상은 너무 심하게 훈육하지는 않으리라 믿고 싶다.

그리고 딸을 걱정하던 류자키 츠쿠시의 모친에게는 모든 사실을 전한 모양으로, 편하게 연락을 주고받고 류자키 츠쿠시가 있는 시설에 방문하는 것도 허가한 듯했다.

일방적으로 미즈키를 좋아해 놓고 자신과 사귀지 않는다고 날붙이로 찌르려고 한 류자키 츠쿠시가 어떤 식으로 갱생되는지는 나도 은근히 기대하고 있었다.

류자키 츠쿠시도 평범한 생활을 되찾았으면 했다.

교실에 도착해서 문을 열자 내 모습을 깨달은 미즈키가 이쪽을 향해 손을 붕붕 흔들었다.

"코우타~! 퇴원 축하해!"

"그려. 매일 문병 와줘서 고마워. 이제야 퇴원했네."

그렇게 말하며 미즈키와 아야노 쪽으로 다가가자 아야노도 작은 목소리로 말했다.

"안녕, 코우타. 몸은 이제 괜찮아?"

"괜찮아. 아야노도 문병 와줘서 고마워."

"고, 고맙기는……. 일단은 나에게도 코우타가 다치게 된 책임이 있으니까."

그렇게 쌀쌀맞게 말한 아야노였지만 속으로는 거짓말처럼 들떠 있었다.

"《와아~! 오랜만에 코우와 학교에서 만나! 오늘 아침에는 만나지 못해서 쓸쓸했으니 수업 중에 코우 성분을 마음껏 즐겨야지~!》"

응. 평소대로군요, 아야노 씨.

슬슬 자리에 앉으려고 가방을 책상에 올려놓다가 이쪽을 빤히 바라보고 있는 미즈키의 시선을 깨달았다.

"응? 미즈키? 왜?"

"어? 아, 아니, 그냥……. 《뭘까……. 역시 새삼 코우타를 의식하니까 좀 쑥스러워지는걸……. 애초에 코우타는 내가 여자라는 걸 모르니까 내 마음이 전해지는 일은 절대로 없는데……. 거기에 코우타에게는 유메미가사키 양이 있고……. 그, 그치만…… 나라도 몰래 짝사랑하는 것 정도는 괜찮겠지?》"

아, 아하하…….

나는 이성의 속마음을 들을 수 있는 대신 고백받으면 죽는다.

이 능력을 없애는 조건은 무사히 고등학교를 졸업하는 것.

거기까지 가는 길은 멀고도 험난하겠지.

그렇지만…… 그래도 앞을 보며 걸어갈 수밖에 없었다.

미즈키가 발랄한 눈으로 이쪽을 보았다.
"있잖아, 코우타. 오늘 돌아가는 길에 노래방 가자.《이, 이건 데이트가 아니겠지? 그냥 친구끼리 노는 거니까! 평범한 거니까!》"
아야노가 불만스럽게 입술을 비죽였다.
"어머? 퇴원하고 얼마 되지도 않았는데 오늘은 바로 돌아가는 편이 낫지 않겠어? 맞다. 오랜만에 내가 저녁밥을 해줄게. 고맙게 생각해.《코우와 집에서 데이트! 뭘 만들까~? 에헤헤. 역시 코우가 좋아하는 함박 스테이크가 좋으려나~?》"

………….
고등학교 졸업까지 앞으로 약 2년…….
이 상황에서 나는 정말로 고등학교를 졸업할 수 있을까…….

앞날이 불안한 지옥의 청춘 러브 코미디 고등학교 생활은 앞으로 한층 더 험난해지리라고 나는 뼈저리게 통감했다.

작가 후기

오랜만에 인사드립니다. 로쿠마스 로쿠로타입니다.

바로 공지입니다만 여러분의 응원 덕택에 이 작품의 만화화가 결정되었습니다! 감사합니다! 설마 자신이 쓴 소설이 만화가 되다니……. 너무 기뻐서 감개무량합니다! 속보를 기다려주세요!

최근에 일을 찾고 있습니다만 좀처럼 쉽지 않습니다. 그래도 소설을 쓰고 있으면 현실 도피가 되어서 긍정적인 기분이 됩니다.

2권은 1권과 비교해서 약간 피비린내 나는 전개가 되었습니다만 러브 코미디 전개도 그럭저럭 들어있으니 플러스 마이너스 제로겠죠.

2권의 2장에서는 미즈키와 코우타가 체육 창고에 갇혀서 오줌을 참지 못하고 놓여있던 양동이에 볼일을 볼지 말지 갈등한다는 전개를 썼습니다만 실은 플롯 단계에서는 미즈키만 오줌을 참지 못하고 최종적으로는 양동이에 볼일을 본다는 전개였습니다.

그렇지만 플롯 회의를 끝낸 담당 편집자님에게 "히로인 중 한 명이 양동이에 볼일을 보는 건 좀 그렇다는 의견이 나왔으니 이 장면은 변경해주세요."라는 말을 들었습니다. "꼭 변경해야 하나요?" 하고 조금 고집을 부려봤습니다만 정중하게 설득하셔서 물러서기로 했습니다.

다만 침울해진 저에게 담당 편집자님께서 말씀하셨습니다.

"아, 그래도 주인공이 양동이에 볼일을 보는 건 문제없다고 합니다!" 하고.

그때는 "그렇군요~. 알겠습니다~." 하고 흘려넘겼지만 내심으로는 '플롯 회의에서 주인공이 양동이에 볼일을 보는 건 상관없냐고 물어보신 건가?' 하고 너무 신경이 쓰였습니다.

앞으로도 통과되면 좋겠다 싶은 희망을 담아서 플롯을 쓰려고 합니다.

감사의 말입니다.

언제나 세세한 점까지 지시를 내주시는 담당 편집자님. 덕분에 이번에도 더 좋은 작품이 되었다고 생각합니다. 앞으로도 잘 부탁드리겠습니다.

1권에 이어 일러스트를 담당해주신 bun150 님. 바쁘신 가운데 의뢰를 받아주셔서 정말로 감사합니다. 1권과 마찬가지로 캐릭터들의 생동감 있는 표정이 무척 훌륭했습니다. 앞으로도 인연이 있다면 잘 부탁드리겠습니다.

마지막으로 이 책을 사주신 독자 여러분. 정말로 감사드립니다.

앞으로도 잘 부탁드리겠습니다.

또 언젠가 만나 뵙기를 바라겠습니다.

언제나 쌀쌀맞게 구는 소꿉친구지만
나를 짝사랑하는 속마음이 다 들려서 귀여워 2

2022년 05월 25일 제1판 인쇄
2022년 06월 01일 제1판 발행

지음 로쿠마스 로쿠로타
일러스트 bun150

발행 영상출판미디어(주)
등록번호 제 2002-000003호
주소 21315 인천광역시 부평구 부평대로 283 A동 702호
전화 032-505-2973(代) | **FAX** 032-505-2982

ISBN 979-11-380-1387-1
ISBN 979-11-380-1021-4 (세트)

いっつも塩対応な幼なじみだけど、俺に片思いしているのがバレバレでかわいい。2
ⓒ Rokumasu Rokurouta
Originally published in Japan by HOBBY JAPAN Co., Ltd.

구매 시 파손된 도서는 구매처에서 교환하실 수 있습니다.
기타 불편사항, 문의사항이 있으신 독자님께서는 노블엔진 홈페이지 [http://novelengine.com] 에서
Q&A 게시판을 이용해 주시기 바랍니다.

노블엔진(NOVEL ENGINE)은 영상출판미디어(주)의 라이트노벨 및 관련서적 브랜드입니다.